AF552983

पगहा जोरी-जोरी रे घाटो

पगहा जोरी-जोरी रे घाटो

रोज केरकेट्टा

प्रकाशक • **प्रभात प्रकाशन प्रा. लि.**
4/19 आसफ अली रोड,
नई दिल्ली–110002

संस्करण • 2025
मूल्य • चार सौ रुपए
मुद्रक • नरुला प्रिंटर्स, दिल्ली

PAGHA JORI-JORI RE GHATO
by Rose Kerketta ₹ 400.00
Published by Prabhat Prakashan Pvt. Ltd., 4/19 Asaf Ali Road, New Delhi-2
e-mail: prabhatbooks@gmail.com ISBN 978-93-5322-352-6

यह कृति समर्पित
उन सबको,
जिन्होंने मेरी रचनाओं से रिश्ता जोड़ा
और
मुझे दीदी बना लिया।

दो शब्द

डॉ. रोज केरकेट्टा का रचना-संसार सचमुच अद्‌भुत है—रहस्यमय अतीत से गुजरने जैसा। उनकी कहानियों से गुजरते हुए पाठक अनायास ऐसे अबूझ रास्ते पर चलने लगता है, जो शुरू में अपरिचित लगता है, लेकिन अंत आते-आते महसूस होता है—अरे, यह तो अपना ही परिचित रास्ता है, जिसे मैं भूल गया!

उनकी लगभग हर कहानी मौन-मुखर आवाज में बोलती लगती है कि उन्होंने आदिवासी जीवन के यथार्थ को तलाशते हुए किसी न किसी रूप में खुद को खोजने की कोशिश की है। लेकिन उन्हीं कहानियों को पढ़ते-पढ़ते पाठक स्वयं की तलाश में भटक जाए तो? भटकन का मजा लेने लगे तो? प्रस्तुत कहानी-संग्रह की हर कहानी में डॉ. रोज केरकेट्टा की सीधी-सधी लेखनी का यह जादू दिखता है।

यों आदिवासी जीवन पर कई कहानियाँ व उपन्यास लिखे जा चुके हैं, तथापि धीर-गंभीर नदी की शांत-सी दिखनेवाली सतह के अंदर मचलनेवाली तरंगों जैसे आदिवासी जीवन को शब्दों में बाँधकर पकड़ने का यह प्रयास निश्चय ही अलग, मौलिक व अद्‌भुत है। आदिवासी जीवन में बाहरी तौर पर चार्वाक जीवन-दर्शन के अंश दिखाई देते हैं, लेकिन क्या वास्तव में इनका जीवन उतना ही सरल, सहज व बिंदास होता है? बेफिक्री इनकी जीवनशैली का अनिवार्य तत्त्व है?

डॉ. रोज केरकेट्टा की कहानियों से होकर गुजरनेवाले पाठकों के सामने

ऐसे कई जटिल प्रश्न सहज-स्वाभाविक जिज्ञासा बनकर उपस्थित हो जाते हैं।

प्रस्तुत कहानियों में डॉ. रोज केरकेट्टा ने सरल आदिवासियों के रहस्यमय समझे जानेवाले उस भाव-संसार का सफल चित्रण किया है, जो मुख्यधारा के बौद्धिक जगत् में 'ट्राइबल़ इथोज' के रूप में जाना जाता है।

इस कहानी-संग्रह की कहानियों में लेखिका ने अभिव्यक्ति की जिस शैली का प्रयोग किया है, उसका एक अलग अंदाज और मजा है, जिसे झारखंड के ग्रामीण जीवन से परिचित पाठक अधिक सहजता से समझ सकते हैं और अपरिचित पाठकों को भी हर कहानी का कथ्य अपना-सा लगता है।

डॉ. रोज की लेखन शैली सहज, स्वाभाविक व बोधगम्य है। इसमें हिंदी और देशज शब्दों का सम्मिश्रण और झारखंड के ग्रामीण क्षेत्रों की प्रमुख बोलियों, भाषाओं में प्रयुक्त होनेवाले बिंबों व शब्दों का प्रयोग नई अनुभूति जगाता है—काँटों में खिले ताजा गुलाब की पहली खुशबू जैसा! कहानी-संग्रह में प्रयुक्त बिंबों व शब्दों की बानगी देखिए—'कपास की जड़ की तरह एक ही बेटा था', 'सूइया पक्षी की तरह सूखा शरीर', 'उनके पास जीयत खेत है और मझियस है, इसलिए उनका दबदबा है', 'खोंचाए हुए महुआ ने काना-केचरो फूल गिराया, बच्चों ने उसे चुना और चूड़ी-लहटी खरीदने के लिए बेच दिया।' इस अभिनव प्रयोग से झारखंड में कथा-लेखन के क्षेत्र में संभावनाओं के नए द्वार खुल सकते हैं।

कहानियाँ पढ़ते हुए सहसा प्रतीत हो सकता है कि पाठक श्रोता के रूप में कहानी सुन रहे हैं। ऐसा होना स्वाभाविक है, क्योंकि वाचिक परंपरावाले समाज में किस्सागोई अनुभव बाँटने का स्वाभाविक साधन है। लेकिन डॉ. रोज केरकेट्टा एक स्वाभाविक किस्सागो हैं, यह तो उनके कहानी-संग्रह को पढ़कर ही जाना जा सकता है। इस क्रम में यह बताना प्रासंगिक होगा कि जो लोग उनको वर्षों से जानते हैं, प्रस्तुत कहानियाँ पढ़कर उनको भी सुखद आश्चर्य हो सकता है, मुझे भी हुआ है।

इन कहानियों में डॉ. रोज केरकेट्टा का झारखंड के ग्रामीण परिवेश से गहरा जुड़ाव और स्त्री हक के प्रति उनकी प्रतिबद्धता स्पष्ट परिलक्षित होते हैं।

लेखिका को बधाई! इस कहानी-संग्रह के प्रकाशन में जिस भी रूप में मैं सहभागी बन पाया, इसके लिए तमाम साथियों का आभारी हूँ। मुझे इस संग्रह की पांडुलिपि के प्रथम पाठक होने का गौरव और आनंद प्राप्त हुआ। पूरा विश्वास है कि इस कहानी-संग्रह के उन तमाम पाठकों को भी ऐसा ही गौरव और आनंद प्राप्त होगा, जो झारखंड को जानना चाहते हैं, खुद को नए सिरे से पहचानना चाहते हैं।

—शिशिर टुडू

बाबूलेन, चर्च रोड
राँची, झारखंड

अनुक्रम

भँवर

उस दिन मौसम भी थोड़ा साथ दे रहा था। चाँद की रोशनी बादलों के कारण कभी चटक हो उठती तो कभी मद्धिम पड़ जाती। स्त्रियाँ, युवतियाँ और बच्चे खुलकर अपनी उमंग प्रदर्शित कर रहे थे। उपवास रखनेवाली युवतियाँ उस दिन का विशेष आकर्षण थीं। रामेश्वर बड़ाईक के आँगन में 'करम पूजा' का आयोजन था। उन्हीं के आँगन में यह चहल-पहल थी। लगभग नौ बजे रात्रि में पूजा आरंभ हुई। तभी कमल आ गया। आते ही वह रामेश्वर बड़ाईक की ओर मुड़ गया। उसने रामेश्वर को सूचना दी कि मालकिन भी अपनी बेटियों के साथ 'दउरा' (टोकरी) लेकर आ रही हैं। लगभग आधे घंटे बाद मालकिन अपनी दोनों बेटियों के साथ पूजा-स्थल पर पहुँच गईं। बड़ी बेटी ने 'करम डालिया' करम देवता के सम्मुख रखी। तीनों ने बड़ी श्रद्धा से करम देवता को झुककर नमस्कार किया। फिर उठकर अन्य स्त्रियों के समीप जाकर बैठ गईं।

बालक-बालिकाओं का ध्यान इन तीनों की ओर लग गया। मालकिन विधवा थीं। अच्छे कपड़ों में होने के कारण और अधेड़ होने के बावजूद उनका व्यक्तित्व आकर्षक था। बड़ी लड़की सुमन पंद्रह-सोलह वर्ष की थी। युवावस्था में कदम रखने के बावजूद वह अति गंभीर और शांत लग रही थी। कद-काठी आकर्षक थी। उत्तम स्वास्थ्य के कारण चेहरा चमक रहा था। चेहरे की गंभीरता उसके अंदर के विषाद को प्रकट कर रही थी। छोटी बहन पाँच वर्ष की। दीदी की अपेक्षा उसका रंग थोड़ा दबा, निरीह, भोली-

सी बच्ची थी वह। महिलाओं से पुराना परिचय था उनका, सो वे आपस में धीरे-धीरे बातें करने लगीं।

पूजा ग्यारह बजे रात्रि में समाप्त हुई। खान-पान चल रहा था कि बादल घिर आए और वर्षा होने लगी। रीझ-रंग का मौका ही नहीं मिला। सब अपने-अपने घरों में दुबक गए। मालकिन भी दोनों बेटियों को बाँहों में समेटकर लेटी रहीं। आज पूजा के बाद उनके अंदर धर्म के प्रति पूरी आस्था उत्पन्न हुई। यही विश्वास और आस्था उनके जीवन के संबल हैं। देवताओं को उन्होंने पुकारा है। गरीबों ने उन्हें शरण दी है। विगत जीवन का सुख और वर्तमान का कष्ट दोनों में से किसे सार्थक कहा जाए? पर विश्वास बड़ी चीज है। भगवान् के घर देर है अँधेर नहीं। उत्तेजना के कारण नींद उनकी दुश्मन बन गई थी।

मालकिन के पति किंवदंती पुरुष थे। उनका रूप और गुण दोनों ही चर्चित था। कुछ पढ़े-लिखे व कुछ सुदर्शन होने और कुछ दबंग होने के कारण अनेक स्त्रियाँ उनके जीवन में आईं। पर सिर्फ तीन ही स्त्रियाँ पत्नी कहला पाईं। पहली पत्नी धन संपत्ति दे गई पर निस्संतान मरी। दूसरी पत्नी ने कुछ वर्षों तक सुख दिया, वह भी निस्संतान मरी, तब तक मालिक की उम्र पचास पार कर गई। फिर तो तीसरी पत्नी बनकर यही मालकिन आ गईं। मालकिन से मालिक को दो पुत्रियाँ मिलीं। बुढ़ापे में इन्हें पारिवारिक सुख मिला। पर तब तक बहुत देर हो चुकी थी। विलासिता ने उनके शरीर को घुन लगी लकड़ी में पलट दिया था। छोटी लड़की के पैदा होने के चार वर्ष बाद ही वे चल बसे। एक कथा का अंत हुआ पर दूसरी ओर एक नई का जन्म भी हुआ।

शंख नदी में हर वर्ष बाढ़ आती है पर उस वर्ष कुछ अधिक ही वर्षा हुई। कोई सप्ताह ऐसा नहीं गुजरा, जिसमें राहगीरों को एक-दो दिनों तक बाढ़ कम होने की राह न देखनी पड़ी हो। मालकिन का खेवा डांग भी बाढ़ में बह गया था। वह अपने और अपनी बेटियों के प्राण बचाने के लिए हाथ-पैर इधर-उधर मार रही थीं, तभी कमल उनके हाथ लग गया था। कमल मात्र एक लाठी था, जब कहीं बाहर जाना होता, मालकिन उसे अपने हाथों

में ले लेती, पर लोगों को मालकिन के हाथ में साँप नजर आने लगा। पहले मालकिन सिर्फ घर में रहती थीं, अब वह दोनों बेटियों और कमल को लेकर अपने खेतों की ओर जाने लगीं।

मालकिन जाती तो थीं अपनी खेती देखने, पर उनकी नजरें टिक जाती थीं उन लाशों पर, जो बाढ़ से बहकर आई होतीं। कुत्ते और गिद्ध उन्हें नोचते रहते। मालिक के रहते मजदूरों की कमी नहीं थी, अब खुशामद करके उन्हें लाना पड़ता है। न जाने कब ये दुःख समाप्त होगा, कोई चौथा आदमी दो बोल बोलनेवाला नहीं रह गया था।

वर्षा समाप्त हुई। नदी वाली बाधा कम हुई। मालकिन के घर रिश्तेदारों का आना-जाना शुरू हुआ। सभी हाल-चाल पूछने आते तो कमल को भी देखते। हरेक के मन में कमल को देखकर भिन्न-भिन्न प्रतिक्रियाएँ हुईं, अफवाहें उड़ने लगीं। जब तक ये अफवाहें नदी पार पहुँची, उनमें कई प्रकार की गंध समा चुकी थी।

देखते-देखते समय बीतने लगा, माघ का महीना आया। पुरखे कह गए हैं— माघ की ठिठुरन जिसने झेली, उसने झेल सब लिया। पाला पड़ा, रबी की फसल चौपट हो गई। ऐसे पालामार ठंड में मालकिन के गाँव के बगलवाले गाँव में हलचल मची थी। रविवार का दिन था। गाँव से पंद्रह हल लेकर लोग मालकिन के खेत में चढ़ गए थे। हलवाले हल जोत रहे थे, स्त्रियाँ घूम रही थीं और बच्चे उधम मचाए हुए थे। गाँव के बीच से धुआँ उठ रहा था, साफ पता चल रहा था कि गाँव में आज कोई अनुष्ठान हो रहा है।

रोकाड़ी बसुआ ने देखा तो जाकर मालकिन को खबर दी, खबर सुनकर मालकिन को काठ मार गया। उनका गला सूख गया। वह दौड़कर खेत की ओर जाने लगीं, लेकिन लड़खड़ाकर बीच में ही बैठ गईं, आँखों के सामने अँधेरा छा गया। सुमन ने माँ को लड़खड़ाते देखा तो वह उसकी ओर भागी। वह समझदार थी। तुरंत माँ के सिर को बाँहों में सँभाला और पीठ को देर तक सहलाती रही। बेटी का स्पर्श पाकर माँ के सब्र का बाँध टूट गया। वह हिलक-हिलककर रोने लगी। सुमन चुप रही। इस वक्त बेटी माँ बन गई थी

और माँ बेटी। वे दोनों बहुत देर तक उसी हालत में बैठी रहीं।

मालकिन और बेटियाँ आज जान गईं कि वे कितनी असहाय और अकेली हैं। अपना कहने को कोई नहीं है। 14 अप्रैल, 1937 ई. को 'हिंदू स्त्रियों की संपत्ति पर अधिकार अधिनियम 1937' पारित हो चुका था। इसे कृषि योग्य जमीनों पर 'बिहार अधिनियम 6, सन् 1942' के द्वारा लागू किया गया। इससे पहले सामाजिक कानून के तहत भी विधवा को पति की संपत्ति पर परिसीमित हक था। मालिक की मृत्यु के बाद मालकिन ने धीरे-धीरे ये सारी बातें सुमन को समझानी शुरू की थीं, परंतु साथ ही उन्होंने अनुभव कर लिया था कि कानून से सामाजिक व्यवस्था बँधी नहीं है। सामाजिक व्यवस्था भी उनके लिए है, जिनके पास बाहुबल है। इसलिए कानून को या सामाजिक व्यवस्था को जमीन पर उतारने की कोशिश की जाएगी तो उसका भारी मूल्य चुकाना पड़ेगा। फिर समाज को स्त्रियों से क्या लेना-देना? समाज को जो चलाते हैं, वे अपनी मरजी से व्यवस्था बदल भी सकते हैं। पर जीना है तो संघर्ष का रास्ता ही चुनना है। मालकिन को एक ही भरोसा था कि कुटुंब शायद दोनों बेटियों के विवाह होने तक उस पर रहम करे। परंतु परिवेशजन्य साक्ष्य इस भरोसे की धज्जियाँ उड़ा रहे थे।

माँ-बेटी उस जगह से उठीं, तब तक दोपहर होनेवाली थी। पर हलवाहों को उसी दिन पूरा खेत जोतना था, इसलिए वे पहर ढलने तक हल चलाते रहे। मालकिन की देह इस बीच रह-रहकर काँपती रही। बगल के गाँव के भोज-भात की सुगंध इन्हें बेचैन करती रही। छोटी बेटी ने सहेलियों की माताओं से सुना कि आज उनकी जमीन पराई हो रही है। वह घर लौट आई। घर के उदास वातावरण से वह और उदास हुई, पर भयभीत नहीं थी। कमल गाँव से बाहर था। जब राहगीरों से इस घटना का समाचार मिला तो वह वहीं से मालकिन के खेत की ओर लौटा। हलवाहे दूर से ही उसे देखकर चीखे। कोई बोला, 'भेड़िए की मौत आई है, वह देखो, इधर ही आ रहा है।' कमल के नजदीक पहुँचते ही चार-पाँच हलवाहे, हल खड़ी कर उसकी ओर दौड़े। उन्होंने जमकर उसकी धुनाई की। कमल को जमीन पर गिरते देख हलवाहों

ने चीख-चीखकर टिप्पणियाँ कीं और अपना काम करते रहे। मालकिन के गाँव के लोगों ने देखा, पर वे कठमुर्दा बने रहे। इतने लोगों की भीड़ में कोई ऐसा नहीं था, जो जाकर देखे कि कमल जिंदा है या मर चुका है।

पहर ढलने तक खेत की जुताई पूरी हो गई। हलवाहे गाँव लौट गए, तब कमल के घरवालों ने आकर कमल को चारपाई पर लादा और घर ले गए। पीड़ा से उबरने में कमल को लगभग दो माह लग गए। इस बीच दूसरे गाँव में तथा मालकिन के रिश्तेदारों के घरों में कैसी-कैसी खिचड़ी पकती रही, इसकी गंध किसी को शायद ही मिली। होली आई और चली गई। बैसाख में एक दिन लोग हल-बैल लेकर निकलते, इससे पहले ही देखा कि मालकिन थोड़ा सा सामान लेकर दोनों बेटियों के साथ बस पर सवार हुईं और चल दीं। कमल भी बस में ही उनसे आ मिला।

मालकिन और उसके परिवार को इसी बड़ाईक टोले में पनाह मिली। दो छोटे-छोटे कमरों में उनका जीवन सिमट गया। परंतु दो बोल बोलने के लिए पड़ोसियों की कमी नहीं रही। नतीजा हुआ कि मालकिन और सुमन आतंक के साए से निकल आईं। छोटी मंजरी तो हवा में उड़ने लगी। माह गुजरते-गुजरते मालकिन ने भविष्य की सुरक्षा निश्चित करने के लिए हाथ-पैर मारना शुरू किया। कोर्ट में एक दिन पेशकार के कमरे से निकलते हुए वकील ने मालकिन से कहा, "आप लोग वहाँ जाइए, मैं अभी आता हूँ। फिर वे मुड़कर पंद्रह-बीस कदम दूर चले गए। मालकिन ने देखा कि वकील साहब मुदालेह के वकील से बातें कर रहे हैं। मालकिन वकील के चैंबर में लौट गई।

वकील ने चैंबर में आते ही मालकिन से कहा, "मैंने उनके वकील को धमकी दे दी है कि केस हम ही जीतेंगे।" फिर वह आप ही बड़बड़ाने लगे, 'चींटियों के पर निकल रहे हैं। जल्दी ही पर कतरना पड़ेगा।' सुनकर मालकिन का विश्वास पुख्ता हुआ। कानून उनके पक्ष में है। गाँववालों ने साहस दिलाया। वकील ने आश्वासन दिया है। उसने 'करम देवता' की पूजा पूरी आस्था से की है। करम का त्योहार उल्लासपूर्वक बीता। कुवार चढ़नेवाला था। नदी-नालों और खेतों का गंदा पानी साफ होने लगा था। तभी

वकील साहब ने मालकिन को संदेशा भेजा, 'आपके पास आमदनी का दूसरा जरिया है नहीं। खेती-बारी पर ध्यान दें। केस लंबा खिंचेगा। इसलिए आप गाँव लौट जाएँ।' वकील का कहना सही था। पर मालकिन ने सोच रखा था कि मुकदमा समाप्त होगा, तभी कब्जे के कागज के साथ गाँव लौटेंगी। वकील के संदेश से वह पसोपेश में पड़ीं। पर इधर हाथ भी तंग होने का अंदेशा था। उन्होंने गाँव लौटना ही उचित समझा।

वर्षा ऋतु समाप्ति पर थी। पर अभी हथिया का पानी बरसना बाकी था। हथिया का बरसना खेती के लिए बहुत जरूरी है। पर कभी-कभी यह कहर भी ढाता है। उस वर्ष हथिया बरसा और मूसलाधार बरसा। तीन दिनों तक रात-दिन बरसा। भयंकर तबाही मची। शंख और कोइल नदी में जैसी बाढ़ आई, देखकर बुजुर्गों को कहना पड़ा कि उनकी जिंदगी में पहली बार ऐसी बाढ़ आई है। झड़ी की उस पहली साँझ के धुंधलके में मालकिन के घर का बाहरी दरवाजा खड़का। वर्षा के कारण धांगर रुक गया था। उसने मालकिन के कहने पर दरवाजा खोला। देखा, सात-आठ आदमी थे। दूसरे गाँव के परिचित लोग थे। उन्होंने कहा, "शहर गए थे। वहीं से लौट रहे हैं। अँधेरा हो रहा है और खास बात कि वर्षा हो रही है। सो रात बिताने के लिए रुकना चाहते हैं।' धांगर ने मालकिन को उनकी मंशा जता दी।

कितने महीनों से उस घर को आदमी तो क्या कुत्ता भी झाँकने नहीं आया था। परिचित लोगों के आने से मालकिन को भरोसा हुआ। कम-से-कम अभी भी उस घर की अहमियत है। दूर-दराज के लोग वहाँ शरण ले सकते हैं। फिर बातचीत के लिए आदमी भी तो चाहिए। उसने निकलकर उनसे बातें की। दालान में रखी चारपाई की ओर इशारा कर बैठने की अनुमति दे दी। वह इस घर की मालकिन थी। धांगर के जरिए उन्होंने बाल्टी, लकड़ी, कड़ाही, बटलोई वगैराह रखवा दिया। चूल्हा बाहर था ही, सो उन्होंने रसोई बना लेने के लिए कहा और अंदर चली गई। धांगर से चावल, आलू, तेल, नमक और माचिस तथा लालटेन भिजवा दिया। आलू वापस करते हुए उन राहगीरों ने कहला भेजा कि घर के लिए शिकार खरीदा था, सो अब यहीं बना

लेंगे। बस थोड़ा सा मिर्च-मसाला भिजवा दें। मालकिन ने प्याज, मिर्च और मसाला भिजवा दिया। देर रात तक गपशप करते हुए ये पकाते-खाते रहे। धांगर दालानवाले कमरे में सो गया। मालकिन भी अंदर के कमरे में दरवाजे बंद कर बेटियों के साथ सो गईं। इतने बड़े मकान में विगत दो वर्षों के बाद इतने सारे लोग इकट्ठे हुए थे। परिचित लोगों के आ जाने से आज पहली बार मालकिन चैन से सो रही थीं। बाहर जैसे-जैसे रात बीतने लगी, वर्षा भी तेज होती गई। सिर्फ वर्षा की झम-झम और बादल की भयंकर भड़क सुनाई देने लगी। बीच-बीच में बिजली की तेज चमक से आँखें खुल-खुल जा रही थीं। पर आज मालकिन सबसे बेखबर निश्चिंत होकर सो रही थीं।

आधी रात को अचानक धांगर की चीख सुनाई दी। मालकिन और उसकी बेटियों की नींद खुल गई। फिर चारों ओर सन्नाटा छा गया। पंद्रह-बीस मिनट के बाद एकाएक मालकिन के दरवाजे पर लात पड़ने लगी। बड़े-बड़े पत्थरों और कुल्हाड़ी से दरवाजा तोड़ा जाने लगा। पुरखौती घर था। मजबूत किवाड़ लगे थे। पर दरवाजा टूट ही गया। कपाटों के गिरने की देर थी, सारे वहशी लोग दोनों माँ-बेटी पर टूट पड़े। सारी रात माँ-बेटी को गिद्धों की तरह नोचते रहे। धांगर पहली लाठी के शरीर पर गिरते ही भाग चुका था। छोटी लड़की किवाड़ की आड़ में छिपी थी। उसकी ओर किसी का ध्यान नहीं गया। वह उस घनघोर वर्षा में निकलकर कहाँ भागी, पता नहीं चला। सुबह होने से पहले माँ-बेटी को फरसे और गंडासे से टुकड़े-टुकड़े किया जा चुका था।

आगंतुक अपना काम पूरा कर चले गए। चौथे दिन वर्षा रुकी। आसमान साफ हो गया पर आसपास के सारे गाँव टापुओं में बदल गए थे। पाँचवें दिन किसी ने थाने में जाकर घटना की इत्तिला दी। पुलिस आई। मुआइना किया। दालान में जूठन और हड्डियाँ बिखरी थीं। बोतलें और गिलास लुढ़के पड़े थे। गाँववासी पुलिस के द्वारा पीटे गए, तब जाकर लाशें पोस्टमार्टम के लिए भेजी जा सकीं। पोस्टमार्टम की खानापूरी हुई। लाशों को बाद में झाड़ियों के बीच डाल दिया गया। कुत्तों, गीदड़ों और गिद्धों ने बाकी क्रिया-कर्म पूरा किया।

पुलिस ने रिपोर्ट में लिखा, 'कोई आई विटनेस नहीं मिला।' फाइल बंद हो गई।

सामाजिक परंपरानुसार स्त्री को सुरक्षा देनेवाले कानून के अनुसार स्त्री को न्याय देनेवाले सब कहीं लोप हो गए। यह घटना समाचार-पत्रों में स्थान नहीं पा सकी।

पाँच वर्षों के बाद छोटी मंजरी अपने दूर के रिश्तेदार के साथ कोर्ट में उपस्थित हुई। पर उसके आगे और गाँववालों के सामने प्रश्नों का भँवर घूम रहा है। फिर भी मंजरी भँवर से निकलने का प्रयास कर रही है।

□

घाना लोहार का

गाँवों में बातें हवा से भी तेज चलती हैं। भरी दोपहरी में सड़क पर डकैती हुई और इस पर चर्चा न हो, यह संभव ही नहीं था। लोग बोल रहे थे, 'चालीस-पचास के लगभग यात्री थे, पर वे दस-बारह डकैतों का सामना नहीं कर सके। ऐसे डरपोक, नामर्द थे वे लोग। चालीस-पचास ही आगे चलकर चालीस मर्द से चालीस मरदान हो गए। आज तक यह स्थान सबको भयभीत करता है। इस घटना के बाद बलागीर के राजा ने अपनी बेटी को केसेलपुर ब्याहने से इनकार कर दिया। यह संदेश लेकर करबजदार केसेलपुर जा रहा था। पर वहाँ पहुँचा ही नहीं। वह जानता था, 'इस तरह का संदेश लेकर जाना मतलब फिर वापस नहीं आना।' सो उसने रास्ता बदल दिया। वह सोमारू सिंघ से मिला। सोमारू अपनी माँ से मिलने कचहरी आया था। आज उसकी पेशी थी। उसी की जुबानी यह कहानी सुनी।

सोमारू सिंघ की माँ 'बाहरिया' थी। सोमारू के बड़े भाई चंदरू सिंघ की माँ 'भितरिया' थी। सोमारू की नानी और बाद में सोमारू की माँ ने चंदरू को पाला-पोसा और बड़ा किया। जब चंदरू पैदा हुआ, तब सोमारू की नानी ही धांगरिन थी। बड़े कुशल थे उसके हाथ। चंदरू ठीक-ठाक पैदा हुआ था। खूब धूमधाम से उसकी छठी हुई। जमींदार जगत सिंघ ने मारकुस से रुपए का जुगाड़ किया। कुरसी-टेबल से लेकर मोहनभोग चावल तक। खस्सी, मुरगा से लेकर दरबान और हाथी तक। यह लेन-देन कचहरी में निबंधित हुआ। भोज से जमींदार का नाम चारों ओर फैल गया। बड़े सरकारी अफसर भी

इस छठी में आए। कच्चा, पक्का सब बना। लोगों ने पेट सहला-सहलाकर खाया। बहुत दिनों तक लोग इस दावत को याद करते रहे। इस दावत की चर्चा करते हुए वे अनायास अपनी उँगलियाँ चाटने लगते थे।

छठी का कार्यक्रम समाप्त हुआ। मारकुस ने अपनी कुरसी-टेबल, दरबान और घंटी सब उठा लिये। बाकी मोहनभोग और अन्य खर्च के भुगतान के रूप में जगत सिंघ ने मझियस को लिख दिया।

चंदरू के पिता जगत सिंघ का एक बेटे की छठी में ही भट्ठा बैठ गया। घर की चमक चली गई। अच्छा खाना-पीना सपना हो गया। बिना काम के जगत सिंघ गाँव में इधर-उधर मटरगश्ती करता। चिंता के कारण चंदरू की माँ दुर्गावती ने बिछावन पकड़ लिया। दुर्गावती बीमार पड़ी तो चंदरू की देखभाल धाय माँ करने लगी। उसने अपना पूरा स्नेह चंदरू पर उड़ेल दिया। जब भी मौका मिलता, जगत सिंघ धाय माँ के प्रति आभार प्रकट करता। कभी-कभी धय माँ के घर पहुँच जाता। चटाई की प्रतीक्षा किए बिना दालान पर बैठ जाता। इतना नम्र हो गया था वह।

रोपनी, धाय माँ की बेटी, जगत सिंघ के लिए चटाई बिछा देतीं। वह बोलता, "धूप में चलकर आया हूँ, पहले पखार पानी तो पिला दो।" रोपनी आश्चर्य से पूछती, 'हमारा पानी आप पीएँगे?' जगता कहता, 'पीने के लिए ही माँग रहा हूँ, पैर धोने के लिए नहीं।' रोपनी अविश्वास से देखती। वह पीने का पानी गिलास में भरकर दूर रख देती। जगत सिंघ गिलास उठाकर पानी पी लेता। एक-दो बार रोपनी ने कहा भी, 'हम आपके पनपिया जात के नहीं हैं। लोग जानेंगे तो हमें मारेंगे। जगत बोलता, 'तुम नहीं बतलाओ तो कौन जानेगा?'

रोपनी कपास की जड़ की तरह माता-पिता की एकमात्र संतान थी। पिता दिनभर लकड़ी, फल-फूल और काम के लिए घूमता रहता। माँ जगत के घर सुबह जाती तो सूरज ढलने पर ही वापस आती। रोपनी घर का सारा काम करती। काम ही क्या था—दो छोटे कमरे और दालान। मिट्टी के दो-चार बरतन, जिन्हें साफ करने में जरा भी समय नहीं लगता। चावल-साग

सब उबालकर रख देती। फिर निकल जाती घर से दूर बरगद और जामुन, आम और बड़हर की खोज में। मधुर फलों के सेवन के कारण रोपनी के चेहरे पर स्निग्धता छाई रहती। वन में काली हिरनी सी छलाँग लगाती फिरती या कोयल की तरह कूकती रहती। काम के समय सहेलियों के साथ खेतों में काम करती। जगत सिंघ से वह खुल गई थी। वह उससे डरती नहीं थी, बल्कि अपनापन महसूस करती थी। मुसकराकर बतियाना उसकी आदत थी। ये उसके सुख के दिन थे।

कुवार का महीना आया। टाँड में मड़ुवा, उरद सब तैयार थे। चौरा में धान गदराया हुआ था। एक दिन जगत अपनी जमीन की ओर निकल गया, जो अब मारकुस की थी। उसमें मारकुस ने उरद बोए थे। मारकुस की भौजाई के साथ रोपनी सहित पाँच लड़कियाँ उरद उखाड़ रही थीं। मारकुस और जगत सिंघ भाई-भाई का रिश्ता मानते थे। इसलिए मारकुस की भौजाई को जगत भी भौजाई मानता था। जगत सिंघ को देखकर भौजाई बोली, 'सबेरे-सबेरे कैसे इधर भटक गए देवरजी ?' जगत सिंघ बोला, 'आदत बन गई थी भौजी, अपनी जमीन में फसल देखने की, सो चला आया।' भौजी बोली, 'देख लो, देख लो, हमने भी खाली नहीं छोड़ी है, आपकी या भाई की खेती, एक ही बात है।' तब जगत ने कहा, 'आता ही रहूँगा भौजी।' फिर एक गीत गाया, 'माया से बोलाबे होले, तोर दुरा आबो जाबो, माया से बोलाबे होले…।'

गीत उसने भौजी को देखकर गाया था। परंतु लक्ष्य कहीं और था।

धान कटाई का लंबा काम चला। इस दौरान जगत और रोपनी की निकटता और बढ़ गई। फिर एक दिन रोपनी माघ मेला देखकर घर आने के बदले सीधे जगत सिंघ के घर चली गई। धनी होने की इच्छा सबकी होती है। गरीबी की झेंप मिटाने के लिए भले हम कह लें कि संतोष धन सब धन से बड़ा है, इसके सामने सब धन धूरि समान है। पर वास्तव में ऐसा होता नहीं है। धन कभी धूल हो ही नहीं सकता। रोपनी को ऊँची जाति के पुरुष का प्यार, घर और धन-दौलत मिला। वह पहुँची तो जगत सिंघ की बीमार पत्नी विरोध न कर सकी। उनकी जाति में ऐसा होना नई बात भी नहीं थी। जगत

सिंघ ने भी जाति के रिवाज को नहीं तोड़ा। रोपनी को घर के अंदर नहीं ले गया। दालान के बगल में बने कमरे में जगह दी, जिसके दरवाजे अंदर बागान की तरफ खुलते थे। 17–18 वर्ष की जवान युवती रोपनी मन को भाती थी। उसने गोबर फेंकना, झाड़न्न लगाना, मवेशी देखने से लेकर कपड़े धोने तक का काम सँभाल लिया। बस पीने का पानी नहीं भरती थी और रसोई नहीं बनाती थी। वह थी तो बाहरिया। पर क्या हुआ, जगत सिंघ तो अपना पूरा प्यार उस पर लुटाता था। रोपनी ने सोमारू को जन्म दिया। जगत सिंघ ने रोपनी के संस्कार नहीं बदले। इसलिए सोमारू नाम रखने में कोई हर्ज नहीं समझा गया। इसके बाद रोपनी जगत सिंघ के प्रति पूर्ण समर्पित हो गई।

अठारह वर्ष बाद। चंदरू की बहू घर आई। थी तो गरीब घर की, पर बड़ी भड़क मिजाज थी। आते ही उसने रोपनी को 'छोटी जात' कहना आरंभ किया। सोमारू और रोपनी का घर के अंदर प्रवेश वर्जित हो गया। उनकी भोजन की थाली दालान में रख दी जाने लगी। चंदरू की बहू ने अपने ससुर को पट्टी पढ़ाना आरंभ किया 'कि छोटी जातवाले हम बड़ी जातवालों के सामने बैठना-उठना नहीं जानते', 'बिहउवा का अलग ही मान रहता है। रखैल की कोई कीमत नहीं होती।' 'आप जो भी करें, पर अपनी जात में आदर पाने के लिए अंदर सोएँ।' 'मैं बिहउता की बहू हूँ, इसलिए घर पर मेरा अधिकार है।' यह सब सुनते-सुनते एक दिन जगत सिंघ सचमुच अंदर सोने चले गए। रोपनी बेटे के साथ सिर्फ बाहरिया बनकर रह गई। यह चंदरू की बहू रुकमइन की पहली जीत थी।

रुकमइन के ससुर घर के अंदर सोने लगे तो घर के हो गए। तब रुकमइन ने पैंतरा बदला। अड़ोस-पड़ोस में उठते-बैठते वह प्रचार करने लगी कि बिहउता के बेटे को ही जायदाद मिलनी चाहिए। बाहरिया के बेटे को संपत्ति किस कानून के मार्फत मिलेगी? बाहरिया तो धांगरीन होती है। वह तो बेसवा होती है। मंत्र पढ़ कर, हवन कर उसका ब्याह नहीं होता। वह तो विवाह ही नहीं कहा जाता। इसलिए उससे पैदा हुआ भी धांगर होता है। हार-फार करेगा तो दो कंवर भात पाएगा। नहीं तो अपना रास्ता देखे। तीली

घर के अंदर जली पर बाहर की हवा ने उसे धक्का दिया।

इस आग में सोमारू जलने लगा। कहीं भी जाता, कोई ताना मार देता, 'अरे बाबू, तुममें भी बाप का खून है—हिस्सा माँगो। मैदान मत छोड़ना।' कोई कहता— 'बाहरिया को वैसा ही रहना चाहिए। अरे पत्तल तभी तक ठीक है, जब तक कोई उस पर न खाया हो। खाने के बाद तो पत्तल को फेंकना ही है। जगत सिंघ सीधा आदमी है कि अभी तक इन्हें घर पर रखे हुए है।'

जब लोगों को अहसास होने लगा कि सोमारू को संपत्ति नहीं मिलेगी तो वे उसे 'छोटी जातवाली के पेट का' कहकर बुलाने लगे। इन सिंघों की नजर में उराँव, मुंडा, खिड़या, लोहरा सब छोटी जात थे। उनकी औरतों को उठा लेना अब भी इनका हक बनता है। सोमारू हट्ठा-कट्ठा था। घर का हार-फार से लेकर बाहर का बाजार-हाट तक वह सँभालता था। इस नए संबोधन से वह मर्माहत हुआ। वह किसी की ओर आँख उठाकर देखने से बचने लगा। बातें करने से कतराने लगा।

सोमारू अपनी माँ के कमरे में सोता। वह उससे जिद्द करने लगा, 'चलो कहीं और चलें। मैं तुम्हें कमाकर खिलाऊँगा। चैन से जी तो लेंगे।' रोपनी कोई उत्तर नहीं देती। उसके सामने विकट प्रश्न था—सामने खाई, पीछे अनिश्चितता का कुआँ। रोपनी ने सह लिया, जब उसे अंदर जाने से मना किया गया। उसने यह भी सह लिया, जब जगत सिंघ अंदर सोने चला गया। रोपनी ने यह भी सह लिया, जब उन दोनों के लिए खाने की थाली दालान में रख दी जाने लगी। लेकिन बेटे के मर्माहत होने को वह सह न सकी।

कई दिनों तक अंदर-ही-अंदर कलपने के बाद उसने तय किया कि पंचायत बुलानी चाहिए। उसे बातचीत से लगता था कि कुछ लोग उससे सहानुभूति रखते हैं। कुछ लोगों ने उसे आश्वस्त भी किया था कि वह पंचायत बैठाए। बैठकी में वे मारपीट नहीं होने देंगे। इसी बिना पर रोपनी ने पंचायत बैठाई।

जगत सिंघ के दालान में ही पंचायत बैठी। पहले सोमारू से पूछा गया। सोमारू ने कहा, 'मेरी माँ रोपनी जवान थी, तब से इस घर में रह रही है। मैं

यहीं पैदा हुआ हूँ। मैं जगत सिंघ का बेटा हूँ। जगत सिंघ मेरा बाप है। भले ही मेरी माँ आदिवासी है। मैं ऊँची जाति का हूँ। जगत सिंघ का बेटा हूँ।' लोगों ने ऊँची जातवाली बात सुनी तो देर तक हँसते रहे। ताली बजा-बजाकर हँसते रहे। इससे सोमारू थोड़ा लड़खड़ाया। माँ की ओर देखा, रोपनी की आँखें पनिया गई थीं। फिर भी वह बोला, 'मैं खेत में कमाता हूँ तो पूरे परिवार को भोजन नसीब होता है। इसलिए बँटवारा हो और मुझे बराबर का हिस्सा मिले।'

ऊँची जातिवाले कैसे सह सकते थे कि सोमारू को बराबर का हिस्सा मिले! वह बिहउता का बेटा है ही नहीं। मुखिया ने कहा, 'खोरपोश दे दो, एक-दो कियारी'। बात पूरी भी नहीं हुई थी कि रुकमइन बोली, 'दो कियारी? यहाँ दो कियारी तो खेत ही है। रखैल का बेटा दो कियारी पाएगा और बिहउता के बेटे को ठेंगा दिला देंगे आप लोग? इन्हीं के कारण तो ससुर की जमीन आज मारकुस के पास है।' बात सरासर झूठी थी पर गाल ही बल है। जब औरत का गाल बजे तो चुप रहना ही बेहतर है। लोहार का घाना चले तो चुप रहना बेहतर है।

आज लोगों ने देखा कि रुकमइन गरीब घर की बेटी है, पर समझ-बूझ में उनसे आगे है। बस वही बोल रही थी। पंचायत में आने से पहले ही उसने ससुर और पति से कहा था कि वे दोनों चुप रहें। जो भी बोलना होगा, वह स्वयं बोलेगी।

सोमारू बोला, 'तो मुझे ठेंगा दिखाओगी? मैं···मैं कमाता हूँ, तुम सब खाते हो बस, और कुछ नहीं। तुम्हारा आदमी लमट-लमट घूमता है। थाली भर ठूँसता है, उसे सबकुछ मिलेगा··· ?' इतना बोलते-बोलते सोमारू उत्तेजना से भर गया। काँपने लगा। वह पिता की ओर मुड़कर बोला, 'यही करना था, तो तुमने मुझे जनमाया क्यों?' रुकमइन ससुर पर आक्षेप सुन पागल हो गई। उसके होंठ काँपने लगे। मुँह में फेन आ गया। वह बोली, 'मेरे ससुर पर दोष लगाता है?' और गालियों की बौछार करने लगी। किसी तरह कुछ युवकों ने उसे बैठाया, नहीं तो वह सोमारू पर टूट पड़ती। कुछ लोगों ने बात लपक ली। कहने लगे, 'नीच जात की औलाद, ऐसा ही तो करेगा! शऊर होता तो

यह छिनार इधर आती ही क्यों? शादी-ब्याह कर अपनी जात के बीच रहती। मारो साली को…।'

माँ पर बात जाती देख सोमारू खड़ा हो गया। संयत होकर बोला, 'मेरी माँ पर मत जाइए। बोलना है तो मेरे बाप को बोलो। मेरी माँ को वह ले आया, तभी आई। वह अपने से नहीं आई थी। उसकी तो घर में औरत थी। क्यों मेरी माँ के पीछे पड़ा?' इतना बोलना था कि 'बड़ा बाप वाला आया है…' कहते हुए चारों ओर से गाली-गलौज शुरू हो गई। सोमारू चुप हो गया। रोपनी चुपचाप बैठी हुई मिटिर-मिटिर ताकती रही। उसके अंदर दु:ख और विवशता के बादल घुमड़ रहे थे। बरसने में अभी देर थी।

जब माहौल कुछ शांत हुआ तो पंचायत ने फैसला सुनाया, 'बारी-बागान और एक कियारी जिंदा रहने तक रोपनी को खोरपोश मिलेगा। रोपनी के मरने के बाद जमीन चंदरू को वापस हो जाएगी। सोमारू जवान है। हाथ-पैर सही सलामत है। वह कहीं जाकर मेहनत-मजदूरी कर जी लेगा।'

अब तक रोपनी चुपचाप बैठकर सुन रही थी। उसने फैसला सुना। फैसला! मानो उसके दिल पर पत्थर मारा गया था। उसके बेटे को देश निकाला की सजा सुनाई गई थी फैसले में। पर उसे फैसला मानना था; क्योंकि उसी ने पंचायत बुलाई थी। पर बेटे को दंड…। उसे सहन नहीं हुआ। वह उठी और बोली, 'मेरा बेटा मेरे साथ रहेगा। मेरे हिस्से का मालिक वही होगा। वह कहीं नहीं जाएगा।'

पंचों ने रोपनी की बात सुनी। मुखिया बोला, 'तो तुम पंचायत का फैसला नहीं मानोगी? तब तो तुम्हें भी जगत सिंघ का घर छोड़ना पड़ेगा।' सुनकर एक पल के लिए रोपनी कमजोर पड़ी। उसने जगत सिंघ पर आँखें गड़ा दीं। फिर बेटे के सिर पर हाथ रखकर बोली, 'मैं बेटे की कसम खाकर कहती हूँ मालिक कि मैंने दिल से आपको अपना माना है…।' लेकिन पंचायत के लोग बोल उठे, 'पंचायत फैसला सुना चुकी है।'

पंचों की बात सुनते ही रोपनी बिफर पड़ी, बोली, 'तुम? तुम मुझे इस घर से निकालोगे?' फिर जगत सिंघ की ओर मुड़कर बोली, 'तुम? तुम

जगत सिंघ मुझे इस घर से निकाल रहे हो? मैं इस घर से कहीं नहीं जाऊँगी। दालानवाले कमरे पर मेरा कब्जा रहेगा।' गरीब और नीची जातवाली इतना अभड़कर बोले, इसे यह समाज क्यों सहेगा? लोग सोमारू और रोपनी पर टूट पड़े। उनके मुँह से कौन सी गाली नहीं निकली, यह बताना मुश्किल है। सोमारू और रोपनी को वे तब तक मारते रहे, जब तक दोनों बेहोश नहीं हो गए। फिर उन्हें वहीं छोड़कर वापस चले गए।

शाम हो चुकी थी। होश आने पर सोमारू और रोपनी आकर अपने कमरे में पड़े रहे। दोनों को पिछली सारी बातें याद आईं। बस वे पड़े रहे। उन्हें पूछनेवाला कोई न था।

दूसरे दिन रोपनी सोमारू को लेकर अपने टोले में गई। वहाँ आराम मिला, दवा-दारू भी हुआ। एक दिन जगत सिंघ दिसा-मैदान के लिए जा रहा था। रोपनी ने उसे देखा और रास्ता रोक लिया, बोली, 'तुमने मुझसे अच्छा सलूक किया है! मैं तुम्हें सात बोंगरी करके छोड़ूँगी।' फिर वह तेजी से हट गई। जगत सिंघ अकेला था। वह चुप लगा गया।

कुछ दिन बीत गए। लग रहा था आँधी थम गई है। उस दिन रात का समय था। जगत सिंघ और चंदरू सिंघ रसोई के सामने बियारी के लिए बैठे थे। उनके सामने थाली रखी थी। रुकमइन खाना परोस रही थी। अचानक रोपनी प्रकट हुई। उसके हाथ में बलुवा चमक रहा था। उसने कहा, 'जगत सिंघ, मैंने कसम खाई है बेटे की। सात बोंगरी···।' कहते-कहते उसने हाथ चला दिया। जगत सिंघ का सिर थाली में गिर गया। फुरती से उसने दूसरा वार चंदरू पर किया। उसका बायाँ हाथ कंधे से कटकर अलग हो गया। खून का फव्वारा छूटा। थोड़ी देर तड़पकर चंदरू मर गया। चंदरू को मरते देखने के लिए कोई नहीं था। रुकमइन चिल्लाकर रसोई में भागी और दरवाजा बंद कर लिया। रोपनी दरवाजे के पास गई। दरवाजे पर उसने बलुवा चलाया और सीधे थाना पहुँच गई। खून सने बलुवा के साथ रोपनी ने थानेदार के सामने अपना अपराध स्वीकार कर लिया।

□

केराबांझी

सूरज आसमान में चढ़ चुका था। लगभग आठ बज रहे थे। लेकिन धूप तेज थी। इसलिए दिन सुहाना नहीं लग रहा था। कालीचरण अपने ओसारे पर बैठे थे। आँगन से गुजरनेवाले परयाग बढ़ई को देखा, तो खैनी मलते हुए ओसारे से नीचे उतरे। नीचे परयाग के पास पहुँचे तो परयाग ने 'गोड़लागी काका' कहते हुए हाथ जोहार के लिए आगे बढ़ाया। कालीचरण 'नीके रहो' बोले। फिर बात आगे बढ़ाते हुए कहा, 'धिया-पुता तो घर के सिंगार होते हैं भतीजा! माय-बाप के बिहाल होने का और कौन सा चिह्न होता है?' कालीचरण अपने पहले बेटे के चौथे पुत्र के जन्म पर उत्साह प्रदर्शित करते हुए बोल रहे थे। कालीचरण अपने जमाने के अपर पास थे। राजनीति में बहुत रुचि रखते थे। खेती-बारी था और गुटका-माचिस की दुकान भी थी।

पढ़े-लिखे दबंग आदमी थे। गुटका के बहाने जवान-नौजवान लड़के दुकान पर आ ही जाते थे। सो वे उन्हें राजनीति भी सिखाते थे। पढ़े-लिखे आदमी की बात कौन काटता? दिन भर रेडियो से समाचार सुनना उनका शगल था। परयाग सबेरे-सबेरे पकड़ में आ गए थे। न भागते बने न सुनते बने। 'का हुआ काका?' बोल बैठे। अपनी बात को तर्कसंगत बनाते हुए आगे बोले, 'केनेडी, माने ऊ केनेडी, अमेरिका के राष्ट्रपति जोन एफ. केनेडी भी तो अपने माँ-बाप के चौथे बेटे थे। राष्ट्रपति बने थे कि नहीं बने थे? अगर उसके माँ-बाप भी एके-दुगो बाल-बच्चा में फैमिली प्लानिंग करा लेते तो क्या होता? देश को वैसा उम्दा राष्ट्रपति मिलता? नहीं न? आजकल

का पढ़लाहा-लिखलाहा लोग का जानते हैं?

घर के अंदर कालीचरण का तीसरा बेटा मनबोध पिता की बातें सुन रहा था। मनबोध और उसका मझला भाई बालधन पढ़े-लिखे तो थे ही, समझदार भी थे। मनबोध पिता की बातों का इशारा समझ रहा था। लेकिन चुप था। तकरार बढ़ाने का उसका इरादा नहीं था। बस अंदर-ही-अंदर कुढ़ रहा था। अपने बड़े भाई लालधन से वह चिढ़ा हुआ रहता था। यह लालधन के विवाह का छठा वर्ष था। इसी में उसकी भाभी बिरसमनी ने यह चौथा बेटा जना था। भौजी बिरसमनी के शरीर में 'हड्डी पर चमड़ी छारल' था। कभी मजाक में अपनी भौजी को मनबोध कहता था, 'माँ-बाप के घर में क्या खाती थी, काटले-छोपले एक पतई मांस नहीं?' यह शुरू-शुरू की बात थी। जैसे-जैसे वह संतानवती होती गई, मनबोध ने उससे बोलना कम कर दिया। मझले भाई बालधन की शादी को तीन वर्ष हो गए। शादी के दूसरे वर्ष एक बेटी हुई उसकी। बालधन को बाप शुरू से ही 'मझला बुच्चड़' कहा करता था, क्योंकि बेटा एल.आई.सी. का एजेंट हो गया था। उसने अपनी पत्नी हिरामती को समझा लिया था कि उनकी सिर्फ एक संतान बेटा या बेटी होगी। लेकिन लालधन पिता के नक्शे-कदम पर चल रहा था। कालीचरण के पाँच बेटे थे। इसे वह ताल ठोंककर अपनी मर्दानगी की सफलता बतलाता था। अब लालधन भी पिता से सिर्फ एक कदम पीछे था।

बालधन और मनबोध गाँव के शिक्षक कल्याण की सोहबत में रहे। यों तो गाँव में हाई स्कूल होने के कारण बहुत से टीचर थे। परंतु कल्याण मास्टर का रुतबा अलग था। वह भी गाँव के थे। उनके सिर से माता-पिता का साया लड़कपन में ही उठ गया था। उन्होंने बड़ी मेहनत और लगन से पढ़ाई की थी। रात को खेत की मेंड़ पर लालटेन जलाकर रखते और आप ढेला फोड़ते। दिन में स्कूल जाते। उनके दो भाई थे प्रेमचंद और आगुर। वे इन्हें भी खेत में खटाते और साथ में स्कूल भी ले जाते। खैर, कल्याण ने बी.ए., बी.एड. किया और गाँव के स्कूल में ही नौकरी लग गई।

पहाड़ों के नीचे के खेत बड़े उपजाऊ होते हैं। पहाड़ियाँ पानी सोखती हैं

और धीरे-धीरे नीचे बहाती रहती हैं। इसलिए पहाड़ियों के नीचे अकसर बाँध या तालाब बाँधे जाते हैं। ये तालाब और बाँध खासकर गरमियों में नहाने-तैरने के तो काम आते ही हैं, मवेशियों की प्यास बुझाते और नीचे के खेतों की मिट्टी को भी तर रखते हैं। ऐसे ही अपने तीन खेतों में कल्याण गेहूँ उगाते। साथ में सरसों और सब्जियाँ भी उगाते। अनेक किसानों ने उनकी देखा-देखी गेहूँ उगाना सीख लिया। स्कूल और खेत में बच्चे-युवा सब कल्याण की बात मानते। वे बच्चों और लड़कों की फुटबॉल टीम के साथ खेलते। कालीचरण के दोनों बेटे बालधन और मनबोध भी कल्याण के साथ होते। कालीचरण अपने बेटों को कल्याण के साथ देखता तो उसके तन में आग लग जाती। अब तक वह गाँव का एकमात्र बुजुर्ग और सम्मानित व्यक्ति था। इसलिए जो भी कहता, लोग सुन लेते थे। लेकिन कल्याण ने उसके सुननेवालों की संख्या घटा दी थी। ऐसे आदमी के पीछे लड़के भागें तो कोई भी आदमी उसे बरदाश्त नहीं कर सकता है। सो कल्याण के साथ बालधन और मनबोध को देखता तो कल्याण को अपमानित करने के लिए अपने बेटों से कहता, 'अरे बलवा, मनबोधवा! कोल्ह के पीछे कितना घूमोगे रे⋯। चलो, घर लौटो। अपना दोकान-दारी सँभालों तो चार पैसा कमाओगे। गाँव-जवार में मान-सम्मान भी पाओगे। नौकरी करके तो नौकरे न रहोगे!' लेकिन बेटों ने पढ़ाई जारी रखी थी। पिता की ललकार बेकार गई थी।

लेकिन लालधन पर इसका असर खूब पड़ा। उसने पढ़ाई छोड़ दी। दुकान सँभाला तो गुटखा और चुइंगम के बहाने युवक और लड़के आ जाते। बस, कालीचरण को दाँव मिल जाता। उन्हें राजनीति पढ़ाते और खूब माँजते। लेकिन तब भी धाक नहीं जमना था, सो नहीं ही जम रहा था।

बालधन के एक संतान वाले निर्णय की भनक कालीचरण को लग गई थी। इसका दोष भी वह कल्याण के सिर मढ़ना चाह रहा था। उसे भड़ास निकालने का अवसर मिल गया। उसने परयाग को सुनाते हुए कहा, 'मेरा पोता भी केनेडी से कम नहीं होगा। राष्ट्रपति बनेगा राष्ट्रपति!' परयागो ने हुँकारी भरते हुए कहा, 'नहीं काका। आपका पोता तो गांधी बनेगा, गांधी।'

'दुर बुड़बक,' कालीचरण ने कहा, 'मेरा पोता विदेश में चमकेगा कि अइसने रहेगा,' परयागो बोला, 'गलती-सलती माफ काका। बस, बहुत बड़ा आदमी आपका पोता बने। हमारा गाँव उसी से उजियार होगा।'

कालीचरण बोला, 'ई बालधनवा को देखो। एके गो बेटी जनमा के तरना चल रहा है। अरे कोटी-कुकुर से का होगा? कनियो ओइसने लाया है। अरे बहुवा, पूरा समाज, जात-गोतिया तुम्हें नाम धरेगा। केरा बाँझी कहेगा रे। हाँ, केराबांझी कहेगा। बालधन के कहे में मत चलना। बालधन और मनबोध तो कुलबोरन हैं कुलबोरन।'

अभी तक मनबोध पिता की बातें सुन रहा था। बालधन ने मनबोध को मना कर रखा था कि पिता की बातों का जवाब ही नहीं देना है। लेकिन पिता की बातों ने अचानक स्थिति बदल दी थी। घर पर बालधन नहीं था। उनकी अनुपस्थिति में पिता भौजी के लिए ऐसी अशोभनीय बातें कह रहे थे। मनबोध से रहा नहीं गया। वह बाहर निकल आया। बहुत व्यथित था, पिता की बोलियों से। उसने कहा, 'पिता जी, अपनी बहू के लिए ऐसा कहते हुए आप शर्म करें। आपका बेटा भी अभी घर पर नहीं है।'

बाप बोला, 'तो जा, उसे भी बुला ला। वह होगा भी तो क्या कर लेगा मेरा हाँ! क्या कर लेगा मेरा?'

मनबोध परयागो के सामने बात बढ़ाना नहीं चाह रहा था। उसने कहा, 'भौजी पढ़ी-लिखी है। कुछ तो खयाल करो। क्या सोचेगी आपके बारे में?'

परयागो मनबोध को जवाब देते देख खिसक गया।

कालीचरण, 'क्या सोचेगी?

मनबोध, 'क्या सोचेगी? पढ़े-लिखे घर में भी पढ़ी-लिखी औरत की इज्जत नहीं है।'

कालीचरण का इतना सुनना था कि गुस्से से लाल हो गया। मुँह से झाग निकलने लगा। चीखते हुए बोला, 'मेरी बिल्ली हम हीं से म्याऊँ? तुम सबको मैंने पैदा किया है, मैंने। तुम लोगों ने मुझे पैदा नहीं किया है। मुझे मत सिखाओ?'

मनबोध, 'मैं सिखा नहीं रहा हूँ। लेकिन दादा-भौजी के लिए जो आप बोल रहे हैं वह उचित नहीं।'

कालीचरण, 'मर साले। दो किताब पढ़ गया तो भौजी के लिए दिल मचल गया। मैं तेरा बाप अनपढ़ नहीं हूँ। मैं भी उस जमाने का मिडिल पढ़ा हूँ। दुनिया देखा हूँ। समझे?'

मनबोध के कानों में मानो पिघला शीशा उंड़ेल दिया गया हो। उसने सामने से हट जाना ही उचित समझा। कोई पिता बेटे के लिए इतनी गंदी बातें कह सकता है, यह उसने कभी सोचा नहीं था। कालीचरण के क्रोध और हठ के बादल से सच का सूरज ओझल हो गया। काले बादलों ने आखिर सूर्य को ढक ही लिया। पिता की लपलपाती जीभ लपलपाती रही। बेटे को सामने से हटते देखा तो और शेर हो गया। अंड-बंड बकने लगा। जब कालीचरण बोलते-बोलते थक गया तो दालान में रखी चारपाई पर आकर बैठ गया। एक टाँग पर दूसरी टाँग चढ़ाकर बैठे कालीचरण ने जाँघ पर हथेली मारकर कहना शुरू किया, 'न तो बेटे पढ़ते, न मेरे कुल का रिवाज बदलता। दो टके का लड़का मुझे बताने चला है कि क्या अच्छा है, क्या बुरा। बेहुदा कहीं का। सब उसी कोल्ह के कारण। कल्याण कोल्ह ने मेरे बच्चों को बिगाड़ दिया है।'

ससुर के चारपाई पर बैठने की आवाज बहू ने सुनी। वह निकलकर दरवाजे के चौखट पर खड़ी हो गई। कालीचरण ने इसे देखा नहीं। वह अपनी रौ में बोले जा रहा था। अचानक उसकी नजर बहू पर पड़ी तो वह बौखला गया। उसे बगल झाँकना भी मुश्किल हो गया। माथे पर से पसीना चूने लगा टप-टप। आज तक जब भी कालीचरण गुस्से में होता था तो आसपास की औरतें तक दुबक जाती थीं। लेकिन ये बहू उसके सामने आकर खड़ी है। एकटक ससुर को देखे जा रही है। कालीचरण के गुस्से की आग पर घड़ों पानी पड़ गया। उसके मुँह से आवाज तक नहीं फूटने लगी।

बालधन की बहू ने ससुर की स्थिति को समझा। वह ससुर को देखे जा रही थी। उसकी आँखों में क्रोध नहीं था। घृणा भी नहीं थी। पर दृढ़ निश्चय था। पलभर की चुप्पी दोनों के बीच छाई रही। तब बहू ने शांत किंतु दृढ़

शब्दों में कहा, 'आप मुझे केराबांझी कह सकते हैं। क्योंकि हमने, हाँ हम पति-पत्नी ने मिलकर इसे स्वीकारा है।'

कालीचरण ने इसे अपनी हेठी समझी। उसने गुर्राकर कहा, 'मुझे मत समझाओ। तुम औरत हो तो औरत की तरह रहो। मेरे सामने बेटी जबान नहीं खोल सकती है। तुम तो बहू हो। बहू की तरह रहो।'

'मैं बहू हूँ और बहू की मर्यादा का पालन भी कर रही हूँ। बस, मुझे कहना है कि केला का एक खाँधी लगता है। उसमें ड़ेढ़-सौ, दो सौ फल लगते हैं। उसी से चरणामृत बनता है। उसी से व्रती व्रत तोड़ता है। भूखा पेट भरता है। न उसमें कीड़े लगते, न वह सड़ता है।'

कालीचरण, 'बस कर। अपना ज्ञान अपने बाप को सुना।

'तो आप मेरे ससुर हैं। मुझे बस यही कहना है कि मैं केराबांझी ही रहूँगी। चाहे कोई कुछ भी कह ले। आगे कुछ कहना है आपको?'

'नहीं,' कालीचरण ने कहा और दालान से उतरकर चल दिया पूरब की ओर। सूरज सिर के ऊपर आ गया था।

□

कोंपलों को रहने दो

दोपहर ढलने लगी थी। ठीक इसी समय गुइया बूढ़ा अपनी बेटी टिना के साथ सिस्टर के पास पहुँचा। असल में गुइया बूढ़ा अपनी बेटी को ही सिस्टर को सौंपने आया था। मरटिना को जैसे ही सिस्टर ने देखा, उसके निकट आ गई। उसने मरटिना की पीठ और सिर को सहलाया। फिर पूछा, 'मेरे लिए क्या लेकर आई हो टिना? तुम तो बड़ा सा पोटोम (पोटली) लेकर आ रही हो! जरूर मेरे लिए कुछ होगा।'

लेकिन मरटिना सिस्टर की बातें नहीं सुन रही थी। वह तो भौंचक इधर-उधर देख रही थी। इतना बड़ा बँगला। बँगले में सिस्टर रहती है। बाप रे! ऐसा भी घर होता है! उसके गाँव में बहुत सारे घर हैं। सब एक जैसे। मिट्‌टी की दीवारें, खपरैल घर। सब तरफ गोबर से लीपा हुआ। यहाँ नीचे पक्का फर्श! अरे, ये तो फिसलता है। वह इधर-उधर पलट-पलटकर देखने में मशगूल थी।

मरटिना ने सिस्टर को पहले भी देखा था। जब भी सिस्टर गाँव भ्रमण को जाती, घूमते-फिरते मरटिना को एक नजर देख लेती थी। मरटिना भी सिस्टर को देखकर प्रसन्न हो जाती थी। वह दौड़कर उससे लिपट जाती। सिस्टर का हाथ पकड़कर झूल जाती थी। मुसकराती और सिस्टर का प्यार पाना चाहती थी। सिस्टर भी उसे लिपटाकर झुलाती और बातें करती। फिर सिस्टर और गुइया बूढ़ा के बीच बातें होतीं। कुछ समय बिताकर सिस्टर अपनी सहयोगियों के साथ लौट जाती थी।

मरटिना बँगले को ही ताकने में व्यस्त थी। उसके पिता उसे यहाँ क्यों लाए हैं, इससे वह अनभिज्ञ थी। पर उसके पिता ने सिस्टर से कहा, 'जो होना था सो तो हो गया सिस्टर। सालभर की थी, तब माँ ने छोड़ दिया। अब चार बरस की हो गई है। गाँव में इसे बचाना अब मुश्किल हो गया है।' इतना कहते-कहते उसकी आवाज काँपने लगी। आँखों में आँसू छलछला आए। सिस्टर सहानुभूति दिखाते हुए बोली, 'मत रो दादा। उसको तो दुःख-ही-दुःख था। बिस्तर पर पड़े-पड़े सबकुछ देखते-सुनते रहना पड़ता था।'

'अपने ही लोगों ने एक बिता जमीन के लिए उसका जीना दुश्वार कर दिया था। मुट्‌ठी भर चावल से किसी को घटी तो नहीं हो रही थी? मेरी हालत तो ऐसी हो गई कि मरने लगूँ तो कोई एक टिपा (बूँद) पानी नहीं पिलाएगा।'

सिस्टर, 'नासमझ लोग इस बात को नहीं समझते हैं। आखिर इस दुनिया में कौन हमेशा के लिए रहेगा? जिंदा रहने भर तक ही आदमी का पेट भोजन माँगता है।'

गुइया, 'अब मैं मरटिना को आपके पास ही छोड़ने के लिए लाया हूँ। मैं तो नदी किनारे का पेड़ हूँ। पता नहीं, किस दिन बाढ़ आएगी और मुझे बहा ले जाएगी।'

सिस्टर, 'हाँ, एक दिन तो समय आता है और सबको जाना पड़ता है।'

गुइया, 'मरटिना आपसे घुलमिल गई है। मेरा भी विश्वास है कि यहाँ रहेगी तो पढ़ेगी। जिंदा भी रहेगी। लेकिन...।'

सिस्टर, 'ईश्वर की इच्छा थी कि इसकी माँ समय से पहले चली गई। हमारे हाथ में तो कुछ भी नहीं होता है।'

गुइया बूढ़ा सुनकर चुप रहा। उसके मन में सवालों के बादल उमड़ने-घुमड़ने लगे। उसकी पत्नी की मौत क्या ईश्वर की इच्छा से हुई? क्यों ईश्वर ने टिना को अनाथ बनाने की सोची? आखिर ईश्वर इस बच्ची को दुःखी देखना क्यों चाहता है? टिना पिता के दुःखी एवं भावहीन चेहरे को थोड़ी देर देखती रही। पर पिता की आँखें कहीं दूर शून्य में टिकी हुई थी। पनियायी आँखों में सूनापन के सिवा कुछ नहीं था।

गुइया के मौन को तोड़ती हुई सिस्टर बोली, 'क्यों रोते हैं दादा? ईश्वर बाप सब ठीक कर देंगे।'

बेमन से गुइया ने कहा, 'ठीक कर देंगे, इसी उम्मीद में यहाँ लाया हूँ। लेकिन इस अनाथ बिटिया को छोड़ते हुए कलेजा फटने जैसा लगता है। आपको अब जिम्मा लगा दिया। जब तक जीवित रहूँगा, देखने के लिए आता-जाता रहूँगा। और तो कुछ भी नहीं दे सकता हूँ।'

मरटिना के सिर को सहलाते हुए सिस्टर बोली, 'और क्या? आते-जाते रहें। यहाँ ऐसे अनेक बच्चे हैं। टिना रहेगी···खेलेगी···पढ़ेगी।'

सिस्टर को गुइया की भावविह्वलता से कठिनाई हो रही थी। गुइया के परिवार जैसी कितनी घटनाएँ गाँवों में होती रहती हैं। कई तरह के लोग कई विषयों पर उनसे सलाह माँगने के लिए आते रहते हैं। यहाँ तो एक आदमी की समस्या हो, तब न! उसने हिदायत के स्वर में गुइया से कहा, 'मैंने कह दिया न, आपके रहते हर छुट्टी में मरटिना आपके पास अपने गाँव जाएगी। ठीक! अब मरटिना का जिम्मा मेरे ऊपर! चिंता मत करो। जाओ, नहीं तो अँधेरा हो जाएगा और तुम्हें तकलीफ होगी।'

गुइया सुनकर भी खड़ा रहा।

सिस्टर, 'और कुछ कहना है?'

गुइया, 'सोचता हूँ मेरे मरने के बाद इस बच्ची का क्या होगा। पैर टिकाने के लिए कहीं कोई जगह नहीं रहेगी', कहते हुए कंठ भर आया।

सिस्टर काम करना जानती है। भावुकता से काम नहीं चलता। उसने मरटिना को अच्छी हालत में देखा है। उसके 'टुराघर' में कई बच्चे ऐसे हैं, जिन्हें राह किनारे फेंक दिया गया था। रीना को उसकी माँ अस्पताल में छोड़कर भाग गई थी। लूकस को बास्केट में कर फुटकल पेड़ में टाँग दिया गया था। मार्था कूड़ेदान में मिली थी, जिसे चींटियों ने घायल कर दिया था। आज तक चेहरे में और शरीर में घाव के दाग हैं। सो उसने सख्त आवाज में कहा, 'तुम बूझते क्यों नहीं? हाँ, मैं तो मरटिना की तुम्हारे घर से देखभाल कर रही हूँ। यहाँ कहाँ अकेली है वह? पढ़-लिख लेगी तो दुनिया में अपने

लिए स्वयं जगह बनाएगी। जाओ...जाओ तुम। रोने से मरटिना का मन भी खराब होगा। मेरा भी समय बरबाद हो रहा है।'

तब भी गुइया घिघियाता रहा, 'छुट्टी होगी तो मरटिना को मेरे पास भेजिएगा सिस्टर।'

सिस्टर ने 'ठीक है' कहा और मरटिना को हाथ पकड़कर टूरा घर की ओर बढ़ गई।

गुइया बूढ़ा कॉनवेंट कैंपस से बाहर निकल आया। पलभर आसमान की ओर ताकता रहा। फिर अपनी राह चलने लगा। गरमी समाप्ति पर थी। आषाढ़ सामने था। पानी बरसता तो मौसम सुहाना हो जाता। लेकिन आज बारिश नहीं हो रही थी। शाम उमस से भर गई थी। बेचैन लोग वर्षा की उम्मीद लगाए आसमान की ओर ताक रहे थे। गुइया के अंदर भी खालीपन उभर आया था। यह खालीपन शांति का था! टिना, जिसके लिए वह व्याकुल था, को आश्रय मिल गया था। किंतु इस प्रकार की चिंतामुक्ति से वह प्रसन्न नहीं हो पा रहा था। उसके जीवन का आधर, स्नेहसिंचित करनेवाली बेटी आज पिता के रहते टुरा हो गई! यह सोच उसे चीख-चीखकर रोने के लिए बाध्य कर रही थी।

कुछ घंटे पहले इसी रास्ते को उसने तय किया था। उस वक्त भी अंदर चिंता थी। लेकिन वह अपनी बेटी के साथ रास्ता तय कर रहा था। बेटी की बातचीत से उसका अकेलापन दूर हो रहा था। अतः रास्ता सुगम था। तब तक उसकी बेटी उसके साथ थी। अभी उसकी बेटी तो है पर उसकी नहीं है। यह कैसी मुक्ति उसे मिली है?

अपने घर पहुँचकर गुइया को इसी अकेलेपन का सामना करना पड़ेगा। इतना सोचते ही उसके पैर लड़ाखड़ाने लगे। पत्थरों की ठोकर से पैर चोटिल हो गए। घर पहुँचने से पहले ही अकेलापन उसे निगलने लगा। लेकिन चलना उसकी नियति थी। वह सूर्यास्त के बाद घर पहुँचा। उसने ताला खोला। झोला, छाता और लाठी एक कोने में फेंक दिया और सीधे चारपाई पर पड़ गया। उसके शरीर में जान नहीं रह गई थी।

चारपाई पर पड़े-पड़े उसकी आँखों में उसकी पिछली जिंदगी चलचित्र

की भाँति चलने लगी। केसेलपुर गाँव। शंख नदी के किनारे बसा हुआ अपना गाँव। उसके भाई जिवा, मठा, चचेरे भाई झारी, आकू, पेखा और दो बहनें सुकरो और मुनी। अपने पिता के तीन बेटों में वह सबसे छोटा था। तीनों बेटों के विवाह के बाद पिता ने अपनी संपत्ति उन्हें बाँट दी। ऐसा घर में शांति बनाए रखने के लिए करना पड़ा। स्वयं पति-पत्नी के लिए दो खेत अलग से रखा, ताकि किसी पर वे बोझ न बनें। माँ-बाप छोटे बेटे के साथ रहने लगे थे। अत: उन दो खेतों की उपज भी छोटे बेटे गुइया के घर घुसने लगी।

दोनों बहनें माँ-बाप को देखने के बहाने आतीं और छोटे भाई के घर में ही घुसतीं। दोनों बड़े भाई, बहनों और माता-पिता के फैसले से खुश नहीं थे। जब भाई-भाई के बीच कुछ कहा-सुनी होती तो बहनें भी छोटे भाई का पक्ष लेतीं। इससे भाइयों की नाराजगी बढ़ जाती थी।

दोनों भाइयों के क्रमश: तीन और दो बेटे हुए। छोटे भाई की सिर्फ एक ही बेटी पैदा हुई। वह भी कई वर्षों तक झाड़-फूँक, जड़ी-बूटी का सेवन करने के बाद। इस बीच माता-पिता पोते का मुँह देखने की अभिलाषा लिये दिवंगत हो गए।

गुइया की बेटी पैदा हुई। ठीक इसके एक साल बाद बेटी को अनाथ छोड़ माँ ने भी आँखें मूँद लीं। जोड़ा टूट गया। गुइया के साथ उसकी बहनें भी सतर्क हो गईं। भाई को सांत्वना देना, खाने-पीने में ऊँच-नीच न हो, ये सब देखना उनका काम हो गया। उन्होंने बच्ची का नाम बड़े प्रेम से मरटिना रखा। गुइया की पत्नी प्रसव के बाद फिर बिस्तर से उठ न सकी। पता नहीं कौन सा घुन उसकी नसों में समा गया था! इस दौरान सिस्टर आती और उसे टॉनिक देती, बातचीत करती। उसी ने बच्ची का नाम मरटिना रखा था।

जब माता-पिता मर गए तो भाई किसका लिहाज करते, भाइयों के घरों में तरह-तरह के राय-मशविरा होने लगे। गोतनियों को जिस दिन पता लगा कि छोटी गोतनी माँ बननेवाली है, उनकी आँखों की नींद उड़ गई। लेकिन जब-तब आकर वे छोटी गोतनी के पास बैठने लगीं। वे अपनी खुशी जतातीं, 'कम-से-कम भगवान् ने सुन ली। अब कोई बाँझ तो नहीं कह सकेगा।'

दूसरी कहती, 'अब देवर का वंश भी खूब फूले-फले। हम तो इसी की राह देख रही थीं।' लेकिन अंदर उनका जी सुलगता था।

जिस दिन गुइया के घर चंपा का फूल खिला, गोतनियों ने दूने उत्साह से बच्ची का स्वागत किया। उनके मन को शांति मिली कि बेटा नहीं हुआ। अब वे कहतीं, 'जिस भी दिन कनबेधी होगा, धूमधाम से होगा। बेटी तो गूलर का फूल होती है। जस के तस देखेंगे। देखते-देखते पराई हो जाएगी। चल देगी अपने घर। हम सब भी तो अपना घर छोड़कर ही यहाँ आई हैं।' पर मरटिना की माँ ने तो सिर्फ एक ही वर्ष बेटी का साथ दिया।

पत्नी की मृत्यु के बाद गुइया का सारा ध्यान बेटी पर केंद्रित हो गया। वह उसे 'माँ' या 'आयो' ही कहकर बुलाता। माँ से ज्यादा अपना और कौन हो सकता है?

कुछ वर्ष बीते। गुइया के दोनों भाई माँ-बाप के हिस्से की जमीन के लिए टोकने लगे, 'जब माँ-बाप मर गए तो जमीन तो बँटना चाहिए। एक ही बेटा क्यों हिस्सा खाएगा? हम लोग भी उन्हीं के जन्माए लोग हैं।' गुइया ने आखिर पंचायत बैठाई। पर भाई लोग पंचों के बँटवारे से प्रसन्न नहीं हो रहे थे। खूब तू-तू, मैं-मैं हुआ। अंत में पंचायत उठ गई, यह कहते हुए कि 'अब तुम खुद ही बाँट लेना। हमारी बात नहीं मानते हो तो बुलाया ही क्यों? हमारा समय बरबाद कर दिया तुमने।' इस नाराजगी का नतीजा यह हुआ कि दोनों खेत गुइया के पास ही रह गए।

पंचों का उठकर जाना आनेवाले तूफान की सूचना थी। तूफान बड़े-बड़े पेड़ों को जड़ से उखाड़ डालता है। डालियों को मरोड़कर तोड़ गिराता है। यह तूफान किसे उखाड़ेगा, किसे तोड़ेगा, पता नहीं।

लगभग चार वर्ष बीतते गुइया के आँगन का चंपा फूल आँखों की किरकिरी बन गया। कई बार मौत आकर मरटिना के सिर से गुजर गई। सबसे पहले वह डाड़ी में गिरी, पर डूबी नहीं। बचा ली गई। गरमियों में जामुन खाते हुए डाली टूट कर उसके ऊपर गिरी, पर सिर्फ पैरों में हलकी चोट आई। जाड़े में आग तापते हुए आग पर गिरी, पर सिर्फ कपड़े जले। वह बचा ली

गई। लेकिन गुइया का मन झुलस गया। अब मरटिना को साथ रखना जोखिम भरा काम हो गया। बाप की बेटी होना, सो भी एकमात्र बेटी होना, कितना दुखद है! क्या इसे मरटिना जान पाएगी?

अबोध मरटिना पिता का सहारा थी। वह पिता की सूनी जिंदगी के लिए बाँसुरी की धुन थी। लेकिन कैसी धुन थी, जो पिता को शांति देने के बदले विषाद से भर देती थी! मरटिना के चारों तरफ मौत मँडरा रही थी। अबोध बच्ची इससे बेखबर थी। लेकिन पिता की आँखें तो खुली थीं। उसके दोनों कान सुन रहे थे। आँखें देख रही थीं।

पिता स्वयं इतने असहाय थे कि अपनी रक्षा करने में असमर्थ थे। जीवन के प्रति उनका विश्वास उठ चुका था। अपने कलेजे के टुकड़े को सिस्टर के 'टुरा घर' पहुँचा आए थे।

गरमी ऋतु में हवा बहती है। लेकिन उस हवा से शरीर को शीतलता नहीं मिलती। घर आकर गुइया अनेक दुश्चिंताओं से घिर गया। बीच-बीच में बेटी को देखने जाता। वापस आकर बिस्तर पर पड़ जाता। पिता के रहते हुए बेटी टुरा थी, अनाथ थी।

इसका असर गुइया पर पड़ना ही था। चार वर्ष बीतते-बीतते कमर झुक गई। बाल सफेद हो गए। आँखों से कम दिखाई देने लगा। एक दिन वह बिस्तर से उठा। मैदान जाने के लिए बाहर निकला। लेकिन रास्ते में ठोकर खाकर गिरा तो फिर उठा नहीं।

दोपहर को बँगले पर जाकर लोगों ने सिस्टर को खबर दी। सिस्टर मरटिना को लेकर गुइया के क्रियाकर्म में शामिल हुई। सबकुछ तैयार था। जल्दी-जल्दी शव को दफना दिया गया। मरटिना सूनी आँखों से सबकुछ देखती रही।

सब काम निपटाने के बाद सिस्टर मरटिना से बोली, 'चलो बाबा के घर का दरवाजा अंतिम बार खूँद आना।' घर के आँगन में सब पहुँचे। हाथ-मुँह-पैर अच्छी तरह धोया। सिस्टर मरटिना का हाथ पकड़कर पिता के कमरे में ले गई। रिश्तेदार भी पीछे-पीछे घुसे। सिस्टर ने उनसे कहा, 'दसकर्म कर

लेना। यह घर, यह धन-खुर्जी अब तुम लोगों का है।' इसके बाद मरटिना का हाथ पकड़कर बाहर आई। फिर सबसे विदा लेते हुए बोली, 'मरटिना देख लो अपने बाबा का और अपना घर, अपना गाँव। अब तुम इस गाँव में फिर कभी लौटकर नहीं आओगी'—और वह आगे बढ़ गई। सिस्टर के साथ राह चलते हुए कुछ दूर तक मरटिना पीछे मुड़-मुड़कर अपने गाँव को देखती रही। फिर सीधी राह चलने लगी। उसकी आँखें आँसुओं से तर थीं। फिर धीरे-धीरे शांत हो गईं। कोंपल डाली से तोड़कर अलग कर दी जा चुकी थी।

□

छोटी बहू

'ए···बहू, क्यों ऐसे चुपचाप भागे जा रही है? लौट आओ। परसों ही तो आई हो···फिर ऐसा क्या हो गया? हाँ, क्या हो गया, जो जाने की जरूरत पड़ गई?

'नहीं माँ, मुझे मत लौटने को बोलिए···मैंने अपने माँ-बाप के घर में कभी भात नहीं खाया है। इसलिए यहाँ का भात गले से नीचे नहीं उतरता है। इसलिए मेरा दिल यहाँ रहने को नहीं करता।'

'हाँ बेटी मेरी, आखिर तुम्हें कौन कठोर बातें बोलता है, तुम्हारी गोतनी।'

'नहीं माँ, ···मैं ही नहीं रहना चाहती। किसी ने मुझे कुछ नहीं कहा है।' सहानुभूति ने उन दोनों को नजदीक ला दिया। वे सास-बहू से माँ-बेटी बन गईं। आप से तुम पर उतर गईं।

'लौटो तब, परसों गोमहा परब है। परब यहीं मनाओ। हम सब साथ मनाएँगे। सारे बाल-बच्चे एक साथ रहेंगे। क्या होगा? ठीक होगा न?'

'ऐसा कर पाना असंभव है माँ! मुझसे तो नहीं ही होगा।'

मठा की पत्नी शनिवार की दोपहरी में बघलता टोंगरी-पतरा के नीचे-नीचे जा रही थी। उसने अपने पहनने के कपड़े ले रखे थे। वह चुपचाप छिप-छिपकर जा रही थी। उसी समय उसकी चाची सास ने उसे रास्ते में पा लिया। सास उसे वापस चलने के लिए गुहार करने लगी। सास बुनी दिल की नरम थी। सबको समेटकर रखना चाहती थी।

बुनी मठा लोगों के घर की तरफ आ रही थी। गोड़ा अगहन का समय

था। बुनी काकी खेत अगोरने आती थी। पूरा गोड़ा खेत काटने के लायक हो गया था। उस दिन भी दोपहर को खाना खाकर काकी खेत आ रही थी कि मठा बहू रास्ते में मिल गई। काकी उसे लौटाते हुए अपने-आप बोलने लगी, 'भोर के समय ही मैं देखकर गई थी। सब ठीक-ठाक था। बात-बात में क्या होता है, क्या नहीं। उसके मन में बहू को न लौटा पाने का मलाल था। वह सीधे भतीजे के घर गई। मठा घर में नहीं था। लेकिन उसका बड़ा भाई पीढ़े पर बैठा भोजन कर रहा था। काकी को देखकर उसने अपनी बेटी को पुकारा, 'ए मइया पुटी'''अपनी दादी के लिए पीढ़ा ला दो।'

दादी, 'ये दालान अच्छा बना है बैठने के लिए' बोलते हुए बैठ गई।

मठा के बड़े भाई ने कहा, 'पीढ़े पर बैठो चाची। जल्दी लाओ पुटी। नहीं तो दादी जमीन पर ही बैठ जाएगी।' पुटी पीढ़ा ले आई। दादी पीढ़े पर बैठ गई और पूछना शुरू किया, 'तुम लोग आपस में क्या करते हो?' क्यों, मठा की बहू रूठकर नैहर जा रही है?

मठा का बड़ा भाई बोला, 'किसको क्या हुआ काकी?

काकी, 'पता नहीं तुम्हीं लोगों को क्या होता है? मैंने तो बहू को कई बार पूछा। लेकिन वह कुछ नहीं बताती है। बस पूछने की देर थी। रझ-रझ आँसू बहाने लगी।'

'लौटाकर लाती। हम तो दिनभर खेत में रहते हैं। इधर ये लोग नैनी-गोतनी क्या करते हैं हम क्या जानेंगे?'

मठा के बड़े भाई की पत्नी काकी-भतीजा की बातचीत को घर के अंदर से सुन रही थी। काकी-भतीजा की बातें उसे कड़ाह में लावा फूटने की तरह लगीं। अपनी निंदा सो भी परोक्ष में, कोई कैसे सुन सकता है? उसने तो सोचा था कि उसके पति उसका पक्ष लेंगे! लेकिन यहाँ तो बात ही उलट गई है। वह स्वयं को निष्पक्ष बताकर उसके सिर सारा दोष मढ़ रहे हैं। उससे रहा नहीं गया। वह कमरे से बाहर नहीं आई। अंदर से ही बोली, 'मैं क्या करूँ यदि वह चुपके से भागती है तो? देखिए माँ, थोड़ी सी बात भी उसे गहरी चोट

पहुँचाती है। वह अंडा है अंडा। उसे सँभालकर रखना है। थोड़ी सी ठोकर लगने से भी वह फूट जाएगा।'

मठा के दादा ने कहा, 'मैं इसे बोलता रहता हूँ, उससे थोड़ा प्रेम से बोलो। आखिर वह तुम्हारी बहन बनकर आई है। लेकिन यह मेरी बात क्यों सुनेगी? इतने दिनों तक तो स्वयं ही देवरानी लाने के लिए ढूँढ़ती फिर रही थी। अब आ गई है तो दोनों के सींग नहीं समा रहे हैं। एक-दूसरे के लिए क्या कमी है, कैसे कोई जानेगा?'

काकी, 'पता नहीं अब कैसा जमाना आ गया है? हमलोग तो इतनी-इतनी गोतनियाँ थीं। कभी एक-दूसरे से बोला-बोली नहीं हुए। तुम लोगों का जमाना आया तो बस दो दिन बीतने की देर है, आपस में ठेना-ठेनी शुरू हो जाता है।'

मठा के दादा खाना खाकर उठने को हुए। पानी पीकर उठे। बाहर गए। हाथ धोया। अच्छी तरह से कुल्ला किया। फिर आकर अपनी जगह पर बैठ गए और हाथ पोंछने लगे। पुटी की माँ से जूठा बरतन उठाने को कहा। जब पुटी की माँ ने बरतन उठा लिया, तब बोले, 'हाँ काकी, दो थाली, जब टकराते हैं, तभी तो आवाज होती है। अगर सिर्फ वही उटपटाँग बोले और तुम जवाब न दो तो वह कब तक बोलेगी? तुम ने कुछ तो कहा ही होगा?'

पुटी की माँ बड़े कर्कश स्वर में बोली, 'हाँ, बोलो, मैंने क्या कहा होगा? मैं तो काट खानेवाली हूँ! कोई काम न जाने, उसे सिखाने के लिए बोलूँ तो वह भी बुरा लगता है!'

ठंढे लोहे पर भी लगातार हथौड़ा चलाओ तो वह गरम हो जाता है। पुटी की माँ तो पहले से ही गरम हो रही है। उसमें तो ठंढा पानी ही डालना उचित होगा। मठा के दादा ने बड़े प्रेम से मुलायम स्वर में कहा, 'मैं तो तुमसे सिर्फ पूछ रहा हूँ। घर-दरवाजे में क्या होता जाता है, इसे भी न पूछूँ?'

पुटी की माँ का तेवर पति की नरमी से भी कम नहीं हुआ। पहले की तरह ही तीखे स्वर में बोली, 'वही मैं भी बता रही हूँ। मैं कटखनी हूँ। काटती हूँ, इसीलिए मेरे साथ कोई भी नहीं रहना चाहती है।'

दादा, 'वर्ष बीता ही नहीं और बरतन आपस में टकराने लगे।'

पुटी की माँ, 'देखिए माँ, आप ही बताइए। मैं इस घर में जब से आई हूँ, तब से क़िसके साथ मेरा झगड़ा हुआ है?'

काकी को उम्मीद नहीं थी कि उसकी बहू सिर्फ पूछने के कारण इतना क्रोधित होगी। मठा के माता-पिता यानी बहू के सास-ससुर तो कबके मर चुके थे। उसके बाद इस बहू को लाया गया था। तब से बहू ने अपने अनाथ देवर-ननद को माँ की तरह पाला है। घर-दरवाजा, रिश्ते सब टूट रहे थे। सबको इस बहू ने सँभाला था। रिश्तों को नए सिरे से जोड़ा था। वह अपनी समझ-बूझ के कारण सब की प्यारी थी। सो काकी ने नरम होकर कहा, 'नहीं बेटी, किसी से नहीं। तुम में न तो झगड़ा करने की इच्छा थी, न सताने-डाहने की। मैं झूठ-मूठ का क्यों दोष लगाऊँगी?'

बहू, 'आपके बेटे की बातें तो आपने सुन ली न!'

पति, 'पूछ ही लिया तो मैंने कौन सी गाय मार दी? बाप रे इसका उफड़ना!'

पत्नी, 'तुम बताओ, मैंने क्या कहा है?'

पति, 'पिता नहीं हैं। परिवार में उनकी जगह पर मैं हूँ। घर में कुछ भी होता है, बाहर तो मुझे ही सुनना पड़ता है। अगर मैं ही घर की बातों को नहीं जानूँगा, नहीं सुनूँगा तो काम कैसे चलेगा? मेरी जवाबदेही इस घर के प्रति है।'

'ठीक है, आज से मैं किसी को कुछ नहीं बोलूँगी।'

ये बातें हो रही थीं। उसी समय मठा हल जोतकर आया। उसने अपनी भौजी की बातें सुन लीं। मठा हट्ठा-कट्ठा जवान लड़का है।

कंधे पर अंकुस है, जिसे उसने बाएँ हाथ से पकड़ रखा है। दाएँ हाथ में फाल और सोंटी (छड़ी) पकड़े हुए है। हल जोतने के कारण पूरा शरीर पसीना और धूल से सना है। घर घुसकर उसने कोने में अंकुस, फाल और सोंटी को रखा। रस्सी को छत पर खोंसे गए डंडे में टाँग दिया। फिर पीढ़े पर बैठते हुए भौजी को बोला, 'अगर बात नहीं करनी है तो मत करो, लेकिन मुझे खाना तो दो।'

भौजी बोली, 'कौन तुम्हारे लिए खाना परोसेगा, पुटी की चाची तो नैहर भाग गई?'

मठा, 'भागती है तो भागे, मैं दूसरी लाऊँगा। दो भौजी खाना, अभी मेरा ध्यान पेट की तरफ है।'

'मैं तो खाना दूँगी ही, लेकिन हाथ-मुँह तो धो लो। आदमी डाड़ी-खेत जोत कर भी बिना नहाए आता है?'

मठा अपनी भौजी को बहुत मानता था। उसके जाते ही गड़सांड़ी के पास जाकर, तुरंत पानी ढालकर नहाया और आकर पीढ़े पर बैठ गया। भौजी ने मठा की बातों से परख लिया कि उसका देवर अब भी वैसा ही मानता है, जैसा पहले मानता था।

भौजी ने थाली रखते हुए कहा, 'उसे लाने जाना।'

काकी भी बोली, 'तो क्या तुम जिंदगी भर सुखमूड़ देते रहोगे?'

मठा, 'और क्या करना है? कौन उसके पीछे-पीछे लगा रहेगा?'

गाँवों में एक से दूसरी जगह जाना होता है तो लोग हाट देखकर जाते हैं। हाट में उस गाँव के लोग भी आते हैं, जहाँ किसी को जाना होता है। इसलिए हाट मिलने का केंद्र होता है। जंगल-बाट में बेरा-कुबेरा हो जाए तो बदमाशों और जंगली जानवरों से भेंट होने का डर रहता है। बरसात में तो यों भी नदी 'आओ निकट' कहती है। मठा भी बोलबा बाजार लगाकर अपनी ससुराल गया। उसे आया देखकर उसकी साली बहुत प्रसन्न हुई। सास ने बैठने के लिए चारपाई बिछा दी। साली ने थाली और लोटे में पानी लेकर पैर धोए। इसके बाद पीने को पानी दिया। स्वागत रस्म पूरी हुई। सास-दामाद में दुखम्-सुखम् पूछा-पूछी हुई। इस बीच दरवाजे की ओर मठा चोर नजरों से देखता रहा। लेकिन मागी उसकी पत्नी की परछाईं तक नहीं दिखाई दी। मागी बाहर निकली ही नहीं।

रात का खाना समाप्त हुआ। सोने से पहले थोड़ी देर फिर सास-दामाद के बीच बातें हुईं। दामाद ने सास से कहा, 'कल दोपहर का खाना हमें जल्दी ही करा दीजिएगा। बरसात का दिन है। डोंगा घाट में डोंगइत भी रहेगा। शाम

होते-होते तो वे चले जाते हैं। सो दोनों जने जल्दी निकलेंगे।'

मठा ने देख लिया था कि रसोई की तरफ मागी अँधेरे में ओसारे में खड़ी है। वह छिपकर उन दोनों की बातें सुन रही है। जाने की बात सुनते ही मागी चुप नहीं रह सकी। उसने तेज स्वर में कहा, 'मैं तुम लोगों के घर नहीं जाऊँगी। क्या कबाड़ने जाऊँगी तुम्हारे घर?'

मठा, 'तुम दोनों गोतनियों के बीच क्या होता हैं, हमें नहीं मालूम। मैं सिर्फ इतना जानता हूँ कि तुम्हें लेने आया हूँ और तुम्हें लेकर ही जाऊँगा।'

'मैं क्या पागल हो गई हूँ, जो कल तुम्हारे साथ चली जाऊँगी?'

मठा सास से बोला, 'मेरी भौजी से पूछते हैं तो वह भी नहीं बताती है कि दोनों के बीच क्या हुआ।'

मागी, 'वह क्या बताएगी? उसने तो कुछ किया ही नहीं है। वह तो मैं ही हूँ, जो कुछ भी नहीं जानती!'

माँ, 'ठीक से बात करो न! मर्द क्या जानेंगे, घर में क्या होता है, क्या नहीं। वे तो दिन में घर में नहीं रहते हैं।'

मागी, 'ऊँह। कुछ भी होता है तो माँ-बाप से ही साटते हैं। अगर मुझे माँ-बाप के घर ही रहना होता तो मैं क्यों उनके घर जाती?'

मठा ने यह सुना। समझाने के खयाल से उसने कहा, 'क्या करोगी, वे बड़ी हैं। अगर एक-दो बात कहती हैं तो उससे कुछ नहीं बिगड़ता है। वे मेरी माँ की जगह पर माँ हैं। उन्होंने मुझे पाल-पोसकर बड़ा किया है।'

मागी, 'उसने तुम लोगों का पालन-पोषण किया है, मेरा नहीं।'

मठा, 'वही तो हमलोग पूछते हैं तुमसे। आखिर उसने ऐसा क्या कह दिया?' मठा ने अपनी पत्नी द्वारा भौजी को 'उस' कहने से बुरा माना। अब तक भौजी माँ की तरह थीं उसके लिए। सास को सुनाते हुए उसने कहा, 'माँ, मेरी भौजी ने ही इसे पसंद किया था। गाँव के लोगों ने तो मना किया था कि परिवार के छोटे लड़के से परिवार की छोटी लड़की का विवाह नहीं किया जाता है। उससे अनर्थ होता है। उसने तो नहीं माना। अब खुद समझे।'

फिर पत्नी की ओर मुड़कर बोला, 'साफ-साफ कहो, आखिर भौजी ने क्या कहा है?'

मागी, 'दूसरी गालियाँ नहीं हैं क्या? हर बात में तुम्हारे माँ-बाप के घर यही सीखी, ऐसा ही खाते हैं, बोलते रहती है।'

मठा, 'बोलती है उसका बुरा मत मानो। वह ताना नहीं कसती है। प्रेम से ही ऐसा बोलती है।'

मागी, 'मेरे माँ-बाप के घर अगर नहीं है तो वहाँ से घटी पूरा नहीं करते हैं। कुछ भी हो तो हजार बातें सुनाती है।'

मठा, 'जाने दो। बड़ी हैं। एक-दो बात बोलें तो बुरा मत मानना। मैं दादा को बताऊँगा। सुबह जल्दी ही निकल जाएँगे।'

मागी, 'ठीक है।'

दूसरे दिन खाना खाकर जल्दी ही मठा और मागी घर से निकले। मंद-मंद हवा बह रही थी। जंगल-झाड़ में पक्षी दोपहर को आराम करते हुए चहक रहे थे। पीपल, पकरी के फल पक रहे थे। सो पेड़ के नीचे गाय-बैल, बकरी और चरवाहे भरे थे। ऊपर पक्षी फल खाते, नीचे गिरता तो जानवर खाते। चरवाहे चराने से मुक्त होकर गुल्ली-डंडा खेल रहे थे। मागी आगे-आगे चल रही थी। उसके पीछे मठा चल रहा था। मठा मागी की खुशामद करते हुए बोला, 'क्या करोगी रे, छोटे-छोटे थे, तब माँ-बाप हमें छोड़कर स्वर्ग सिधार गए। तब इसी भौजी ने हमें पाला-पोसा है। माँ-बाप की तो हमें याद भी नहीं है।'

'हाँ, लेकिन हर बार ताने देना और कर्कश बातें बोलना। सहा नहीं जाता है। निकलते-घुसते उसका मेरे साथ यही व्यवहार रहता है।'

'हाँ, मेरी भौजी भी थोड़ा भूल करती है।'

'तुम तो बैल ही हो। बैल की तरह खटते हो। बैल की तरह हर हाँक को सुनते भी हो। तुम क्या समझोगे ऐसी बातों को?'

बरसात का मौसम है। लेकिन आज बादल नहीं है आसमान में। सूरज चमक रहा है। बहलाते हुए मठा मागी को घर तक ले आया। ठीक खाना

बनाने का समय हो गया था। दोनों ने घर पहुँचकर हाथ-पैर-चेहरे धोए और थोड़ी देर आराम किया। इसके बाद मागी रसोई में घुस गई।

गाय-बैल गोशाले में घुसाने का समय हो गया। बड़े भाई ने गाय-बैलों को गोशाले में बाँध, अपनी बहू को देखकर बोला, 'जरा पानी पिलाइए बहू। बहुत प्यास लगी है।'

मागी ने डुभा में पानी लाकर जेठ के सामने जमीन पर रख दिया। फिर दोनों हाथों से झुककर जोहार किया।

जेठ, 'दोनों कब यहाँ पहुँचे?'

मागी, 'बस थोड़ी देर पहले दादा!'

'सब उधर ठीक-ठाक है?'

'आजकल तो सब भले-चंगे ही हैं।'

जेठ-भावो की बातें हो ही रही है कि बड़ी गोतनी अपनी बेटी पुटी के साथ पहुँच गई। चाची को देखकर माँ-बेटी दोनों प्रसन्न हुईं। मागी ने भी प्रसन्नता जताई। थोड़ी देर खूब हल्ला-गुल्ला, हँसी मजाक हुआ। फिर जेठ ने कहा, 'खाना बन गया है तो खिला दें बहू! मैं जरा महतो के पास हो आऊँगा।' सुनने के साथ मागी ने सबके लिए खाना परोसा। भोजन की थाली तो रखी, लेकिन भात गीला था। सबने एक-दूसरे को देखा और हँस दिए। इधर लोग हँसे और उधर मागी को क्रोध आ गया। कल गोमहा परब है। आज पूर्णिमा का चाँद आकाश में चमका। लेकिन तुरंत बादल ने ढँक लिया। मागी ने मठा को कहना शुरू किया, 'बस ऐसे ही मुझे सताते हो। आते ही तुम लोगों ने शुरू कर दिया।'

जेठ बीच में पड़ते हुए बोले, 'इन दोनों की ऐसी ही आदत है। इसे मत लिये फिरें।' उन दोनों से भी उसने कहा, 'जब-तब हँसी-मजाक मत किया करो। बहू है तो बहू जैसा ही रखो।'

मागी, 'हाँ लेकिन दिल में तो चोट लगती ही है।'

जेठ, 'चार आदमी घर में हों तो कभी-कभी ऐसा ही होता है। आप बुरा न मानें।'

रूठते, एक-दूसरे पर नाराज होते हुए अगहन पहुँच गया। कटनी-मिसनी पूरा हुआ। पूरा काम ठीक-ठाक हो गया। लेन-देन सब पूरा हो गया।

माघ पूर्णिमा आ पहुँचा। घर में पीठा छाना गया। किसी को छककर खाने को मिला, किसी को नहीं। सब शाम को जतरा खेले। अखड़ा के आसपास मागी अपनी हमजोलियों से बोलती फिरी, 'मैं तो किसी को अपने घर बुलाकर नहीं ले जा सकती हूँ। मैं तो बाहर-ही-बाहर हूँ। मेरा हाथ-पात नहीं न है।'

दूसरे दिन शाम को लोगों ने देखा मागी के कमरे की छत से धुआँ उठ रहा है।

□

गंध

आम पैसेंजरों की तरह जोसना भी बस में बैठी थी। अकेली थी इसलिए दरवाजे के सामने की लेडीज सीट पर बैठी थी। एक दो करके पैसेंजर आते, सीट पर सामान रखते और नीचे उतर जाते। गाड़ी खुलने में सवा घंटे का समय था। नीचे खड़ा कंडक्टर टिकट-बुक करते और पेन थामे पैसेंजरों की थाह ले रहा था।

थोड़ी देर में एक आदमी आया, पाजामा-कमीज पहने, गले में अँगोछा लिये। आते ही परिचित अंदाज में उसने बस कंडक्टर से बातें कीं। हाव-भाव से ही वह जता रहा था कि उसके साथ कई आदमी हैं। खैनी खाए मुँह से वह बार-बार पिच्च-पिच्च थूकता और बस के दरवाजे की ओर देखता। जोसना ने भी उड़ती नजर से उसे देखा, फिर सामने देखने लगी।

लगभग दस मिनट बाद सात युवक आए और बस पर चढ़ गए। जो पहले चढ़ा, उसके पैंट-कमीज प्रेस किए हुए थे। काले जूते पॉलिश के कारण चमक रहे थे। उसने अपनी सीट दरवाजे के पासवाली सीट के पीछे चुनी और धँस गया। बाकी ने उसके बगल और पीछे की सीटों पर कब्जा जमाया। बाकी के पोशाक उतने भड़कीले नहीं थे। वे हँस-बोल रहे थे। बातों से पता चला कि वे परदेस कमाने जा रहे हैं। पहले चढ़नेवाला लड़का इंटर में दो बार पटकनियाँ खा चुका है। बाकी लड़के मैट्रिक में लुढ़क चुके हैं। पहले लड़के ने घड़ी देखी और कहा, 'एक घंटा है गाड़ी खुलने में। तब तक सुस्ता लेते हैं।' वे सुस्ताने के मूड में आ गए।

बीस मिनट बाद झाड़ियों की ओट से सात युवतियाँ बाहर आती दिखीं। खखारना, कपड़े झाड़ना, बाल सँवारना देखकर लगा कि उन्हें भी दूर जाना है इसलिए फारिग हो रही थीं। अब बस पर चढ़ने को तैयार हैं। उन्हें देखते ही पाजामा वाला आदमी जल्दी से दरवाजेवाली सीट पर बैठ गया और बोला, 'जल्दी-जल्दी रे, बैठो। नहीं तो सीट नहीं मिलेगा।' पहले चढ़नेवाली युवती चढ़कर उसके बगल में बैठ गई। दूसरी जब तक चढ़ती, उस आदमी ने दरवाजे पर अपना पैर अड़ा दिया, वह रुक गई।

बचपन में कहानी सुनी थी, 'एक सेम की बेल आकाश छूने लगी थी। ऊपर आकाश में बेल पर एक राक्षस ने घर बना लिया था। वह दिन को सोता और रात को बाहर चरने जाता। एक दिन उसे एक छोटी लड़की मिली। राक्षस के अंदर ममता जगी। उसे नहीं खाया, पाल लिया। लड़की घर में पकाती-खाती-रहती। एक दिन राक्षस बाहर गया था। उसी समय बेल पर एक लड़का चढ़ गया। उसने राक्षस के घर का दरवाजा खटखटाया। लड़की घबराई कि राक्षस कैसे जल्दी आ गया? उसने द्वार खोला। सामने लड़का था। लड़की ने कहा, 'भाग जाओ। यह राक्षस का घर है। यदि आ जाएगा तो तुम्हें खा जाएगा।' लड़का बोला, 'मैं राक्षस से नहीं डरता।' लड़की ने उसे अंदर घुसाया और छिपा दिया। थोड़ी देर बाद राक्षस आया। आते ही उसने इधर-उधर थूथन घुमाकर सूँघा और कहा, 'मानुस गंध, मानुस गंध!' लड़की ने कहा, 'मैं ही तो मनुष्य हूँ, मुझे ही खा जाओ।' राक्षस कुछ नहीं बोला। जाकर सो गया। लड़की जानती थी कि राक्षस का पेट भरा है। वह रात होने पर ही जगेगा। राक्षस सोया और इधर भागकर लड़का-लड़की नीचे आए। लड़के ने सेम की लतर काट दी। राक्षस गिरकर मर गया।'

खैर, वह राक्षस तो मर गया, किंतु बस में तो कुछ और ही हरकत चल रही थी। बस पर चढ़ती दूसरी लड़की के रुकने पर आदमी ने फिर कहा, 'चढ़ो और बैठ जाओ।' लड़की चढ़ी, अपनी साड़ी कुछ ऊँची की और उस आदमी के पैर फाँद गई। आदमी ने गरमायी गाय के पीछे भागते बैलों की तरह अपना थूथन बनाया और सूँघने जैसी हरकत की। दूसरी जो सबसे छोटी

लड़की थी, जैसे ही चढ़कर पैर लाँघने लगी, आदमी ने कहा, 'रे छोंड़ी, जवान हुई है कि नहीं!' शरमाकर उस लड़की ने मुँह में आँचल दिया और सीट पर आ बैठ गई। लड़के चमचाई हँसी हँसने लगे।

तभी जोसना चीखते हुए बोली, 'हटाइए अपना पैर!' आदमी बोला, 'आप का क्या जा रहा है?'

जोसना, 'हाँ, जा रहा है।'

आदमी के बगल की औरत ने कहा, 'गाड़ी में खुँदा-खुँदी होता ही है।' तब तक पैसेंजर आ गए। वे लड़कियाँ भी बैठ गईं और बस चल पड़ी। बस चली तो रामगढ़ में ही रुकी। वहाँ कुछ और लड़कियाँ बस पर चढ़ीं। आदमी ने टिप्पणी की 'वाह क्या स्नो-पाउडर लगाई हैं।' सारे लोग चुप थे। खलासी को वह आदमी आजमगढ़, बनारस, कानपुर के बारे में बता-बताकर धौंस जताता रहा।

बस चली और बरही में रुकी। जोसना को उतरना था। वह उतरने के लिए आगे बढ़ी, तभी आदमी बोला, 'करंज तेल, करंज तेल बसाती है।' जोसना ने बैग कंधे पर ठीक से लटकाया। दाएँ हाथ की मुट्ठी बाँधी। बाएँ हाथ से आदमी के सिर के बाल पकड़े और तीन मुक्के लगाए चौथा मुक्का जड़ती, तब तक ड्राइवर ने बस स्टार्ट कर दिया। कंडक्टर चिल्लाया, 'जल्दी करो, जल्दी करो।' बस हिलने लगी। जोसना नीचे उतर आई।

□

आँचल का टुकड़ा

सीलो ने दुलराय होते हुए कहा, 'एक दिन रह लो न मामू?'

मामू ने कहा, 'असल में बेटी, कपड़ा-लत्ता भी ठीक करना है, नहीं तो रह लेता।'

'तो अभी खाते साथ निकल जाओगे?'

'खाना खाकर थोड़ा सुस्ताकर निकलूँगा।'

'खाना खा लो तब'''।' कहते हुए सीलो उठ गई। मामू खाना खाने बैठा। भोजनोपरांत थोड़ी देर इधर-उधर की बातें हुईं और शाम होने से पहले मामू अपने गाँव के लिए निकल गया।

मामू को रविवार का मैच यानी गेंद मैच खेलना था। शुक्रवार को जूते-कपड़े सब धोकर साफ कर लेगा, शनिवार आराम करेगा, तब रविवार को मैदान में उतरेगा। गाँव के युवकों की यही दिनचर्या होती है। बाकी दिनों में काम करेंगे, लेकिन रविवार का दिन गेंद खेलने के लिए रिजर्व रखेंगे। गेंदा लाठी गाँव के युवकों की पहचान होती थी। गेंदा लाठी माने पहाड़ी बाँस का टुकड़ा। ठोस पहाड़ी बाँस, अर्थात् जो खोखला नहीं होता है, उसे जड़ के पास से, माने आधे जड़ सहित काटकर निकाला जाता। काटने के बाद जड़ की ओर के हिस्से को आग में तब तक तपाया जाता, जब तक कि वह नरम नहीं हो जाता। तप जाने के बाद गरम-गरम निकालकर तपे हुए भाग को आवश्यकतानुसार लंबाई में नब्बे डिग्री मोड़कर गुंगू या सिहेइर लरंग से बाँध देते। एक माह तक यह लाठी इसी तरह बँधी पड़ी रहती। फिर जब लरंग

खोल दिया जाता, गेंदा लाठी तैयार मिलती। तैयार करने की यही विधि अपनाई जाती है। घर-घर में बाप-बेटे अपनी जरूरत के अनुसार अलग-अलग लाठी तैयार करते। बाकी चाकू से छीलकर चिकना करते और तेल से सोंटते। इसे तेल पिलाना कहते हैं।

दूर-देहात में गेंदा लाठी इसी तरह तैयार करते। पाँच-छह लोग मिलकर एक साथ बाँस काटने जाते, क्योंकि बाँस के लटेइर में घुसना आसान नहीं होता। इस तरह से तैयार लाठी का बहुत महत्त्व है। गाँवों में युवक अकसर चलानी लाठी की हँसी उड़ाते हैं। जब लकड़ी छीलने बैठते तो किस्से सुनाते कि फलाँ पलटन ने अपने भाई को चलानी लाठी दी थी। सो मैदान में एक ही हाथ बजड़ने पर वह टूटकर दो टुकड़े हो गई थी। दूसरा कहता, 'टटका फोसफोसी होता है। बस देखने भर को लाल-पीला।'

बाँस के जंगल में अकेले नहीं घुसा जाता है। बाँस पथरीली पहाड़ियों के बीच होता है। पुराने समय में हर गाँव के अपने जंगल थे। जंगल के बीच कहीं चौरस जमीन होती थी। आज भी ऐसी जमीन देखने को मिलती है। कहीं बित्ता नाप-जोख के और कहीं नौ हत्था बाँस से नापकर आयाताकार जमीन का टुकड़ा चिह्नित किया जाता। चौड़ाईवाले दोनों छोर पर खंभे गाड़े जाते, जो आमने-सामने होते। दोनों छोर के खंभों पर एक-एक लंबी बल्ली रख दी जाती है। यही गेंदा 'डांड़' जंगल में सही राह बताने के उपयोग में भी आता है कि गेंदा डांड़ के किस तरफ जाने से कौन सा गाँव मिलेगा। ये डांड़ उस क्षेत्र विशेष का भौगोलिक परिचय कराता है।

गरमी के दिनों में जब विशेष काम नहीं होता, कई-कई गाँवों के युवकों की टीम इन मैदानों में मैच खेलती, बाकी समय चरवाहे बैल, बकरी चराते। पर वे कभी मैदान की मिट्टी से छेड़छाड़ नहीं करते। गाँवों के युवकों के गेंदा मैच खेलने पर पूरे गाँव के बाल-वृद्ध दर्शक बनकर खेल में शामिल हो जाते थे। खेल की समाप्ति पर युवतियाँ खिलाड़ियों के पैर धोतीं। फिर अपने-अपने चहेते खिलाड़ी को रूमाल भेंट करतीं। अंत में लड़के कतार में खड़े हो जाते और लड़कियाँ उनकी गरदन गुलैंची फूलों की माला से लाद देती थीं।

सामेल अपने गाँव पुरनापानी का तेज-तर्रार खिलाड़ी था। सातवाँ पास युवक, संभवत: 15-16 वर्ष की उम्र। केसेलपुर, मिंजपुर और पुरनापानी की पहाड़ियों के बीच दौड़ लगा-लगाकर उसने चीते की-सी फुरती अपने शरीर में अर्जित कर ली थी। उसकी बड़ी बहन नीमी का विवाह सारूबेड़ा में हुआ था। पुरनापानी पहाड़ी के ऊपर बसा है। सारूबेड़ा दूसरी ओर की तराई पर, चारों ओर पहाड़ियों से घिरा सारूबेड़ा गाँव पूरे वर्षा काल में दलदल में डूबा रहता। बरसात में इस गाँव से उस गाँव तक जाने में कई-कई दिनों तक प्रतीक्षा करनी पड़ती है कि नालों, झरनों और नदियों का पानी थोड़ा कम हो तो जाया जाए। पूरे वर्षा काल में छोटी मछलियाँ इन झरनों की धाराओं से ऊपर चढ़तीं और सारूबेड़ा के आँगनों में अठखेलियाँ करती थीं। परंतु सारूबेड़ा के लोगों को मछली खाने का मन होता तो वे शंख नदी के मंगादह में चले जाते और जाल फेंकते—भँवर जाल। उन दिनों वहाँ के लोग दूसरों को सुनाया करते थे, 'हम तो मंगादह में डुबकी लगाकर काना, बाचा और बलेया निकालते हैं। रविवार हम जंगल के अंदर खेल मैदान में, पहाड़ पर या नदी में बिताते हैं।'

ऐसा ही एक रविवार था। सारूबेड़ा में उस दिन हॉकी मैच था। लेकिन सामेल की दीदी नीमी गेठी कंदा कोड़ने जाने की जिद करने लगी। घर के सारे लोगों ने मना किया कि वह जंगल न जाए। पूरे गाँव को पता था कि इन दिनों पहाड़ी पर बाघ आया हुआ है। घर के किसी ने साथ नहीं दिया तो दीदी नीमी ने गाँव की गोतनी को जंगल जाने के लिए मना लिया। वे दोनों टोकरी और खंती लेकर पहाड़ी की ओर चली गईं। नीमी सीधे पहाड़ी पर थोड़ी दूर चढ़ गई। गोतनी नीचे ही रही। उस दिन गेठी का कंदा भी बड़ा-बड़ा मिलने लगा। तभी एकाएक बंदर चीखने लगे। पेंघा पक्षियों का कलरव सुनाई देने लगा। पहाड़ी से नीचे की ओर पत्थर लुढ़कने लगे। गोतनी डर गई। सिर उठाकर देखा, बाघ उन्हीं की ओर आ रहा था। उसने दीदी को आवाज दी। लेकिन दीदी, 'रुको बड़ा-बड़ा मिल रहा है' कहती रही।

बाघ नीचे उतरा। नीमी की कमर को पकड़ा और ऊपर ले जाने लगा।

दीदी घिघियाती रही, 'बाघ को खंती से मारो न···!' गोतनी सबकुछ फेंककर गाँव भागी। बाघ दीदी को ऊपर ले गया। गाँव के सीमाने पर पहुँचकर दीदी की गोतनी जोर-जोर से रोने लगी। उसने बताया कि बाघ ने दीदी को उठा लिया है। चैन के इस माहौल में एकाएक यह खबर मिली। सुनते ही जिसने जो हथियार पाया, लिया और पहाड़ी की ओर दौड़ा। शोर सुनकर बाघ दूर खिसक गया।

पुरानापानी के खिलाड़ी पहुँच चुके थे। सारूबेड़ा के खिलाड़ी भी मैदान जाने को तैयार थे। कुवार का महीना। दोपहर तेज धूप पड़ रही थी। लोग खा-पीकर गप्पें लड़ा रहे थे। स्त्रियाँ झुंड में वन जाने की तैयारी कर रही थीं। सब एकाएक रुक गया। खिलाड़ी भी गाँव वापस आ गए। तब तक जंगल से लाश लाकर आँगन में रख दी गई थी। लाश चटाई पर रखते ही मृतिका की बेटी दादी की गोद से उतर पड़ी। वह घुटनों से चलकर माँ के पास आ गई। वह हड़बड़-हड़बड़ उसकी छाती में स्तन ढूँढ़ने लगी। दूध उसे नहीं मिला पर मुँह खून से रँग गया। फिर दादी ने बच्ची को गोद में उठा लिया। इस हृदयविदारक दृश्य को देखकर स्त्रियाँ बिलखने लगीं। लोग थाना सूचना देने, क्रिया-कर्म करने आदि के लिए विचारमग्न हो गए। 15-16 साल की उम्र के सामेल ने अपनी दीदी की बेटी को उठाकर छाती से चिपका लिया और बिलख-बिलखकर रोया। इस हादसे के बाद मैच अनिश्चितकाल के लिए स्थगित हो गया।

सुबह और शाम का चक्र चलना कभी रुका नहीं है। जीवन के लिए इस चक्र का चलना निहायत जरूरी है। इससे समय के बीतने का पता चलता है। और समय मरहम है। बड़े-से-बड़े घाव को समय का मरहम भर देता है। सामेल के हृदय के घाव को भी समय भरने लगा। बच्ची के मोह के कारण सामेल का इस गाँव में आना-जाना कभी रुका नहीं। जब हादसा हुआ था, बच्ची घुटने पर चलती थी। फिर खड़ी होने लगी। तब कदम बढ़े। अब वह दौड़ती है।

सामेल की दिनचर्या बन गई थी—सप्ताह भर घर के काम करना और

रविवार आते ही गेंदा टीम में शामिल हो जाना। सामेल टीम के साथ रविवार को दूर-दूर के गाँवों में गेंदा मैच खेलने के लिए निकल जाता था। उमंग, कठिन श्रम और अभ्यास के कारण सामेल की टीम अव्वल दरजे की टीम बन गई थी। गरमी के दिनों में वे पंद्रह-पंद्रह दिनों के लिए घरों से निकल जाते थे। जिस गाँव में खेलते, सभी जगह जीतते और अंत में अपने गाँव लौट आते थे। तब लड़कियाँ गाँव के बाहर लोटे में पानी लेकर पैर धोतीं। लोटे के पानी और आम की डाली से परीछतीं और गुलैची फूलों की मालाओं से गरदन भर देतीं। इसके बाद भोज होता और नाच-गान में पूरा गाँव सारी रात डूबा रहता।

दस्तूर के अनुसार जीत के जश्न में खिलाड़ी दूर के गाँवों से अपनों को निमंत्रित करते थे। सामेल की अतिथि होती थी उसकी अनाथ भाँजी सीलो और साथ में उसकी मृत दीदी की ननद जसो। जसमनी उसका नाम था पर लोग उसे 'जसो' ही बुलाते थे। एक ऐसे ही उत्सव में सीलो और जसो शामिल होने गई थीं। तब, जसो ने भी सामेल को हार पहनाया था और उसकी दाहिनी कलाई में लाल झाड़न बाँध दिया था।

पिछले वर्ष से जब भी सामेल खेल के मैदान में उतरता, उसके स्टिक में वही लाल झाड़न बँधी होती। जब स्टिक में लाल झाड़न लपेटकर सामेल मैदान में उतरता, उसके पैरों में पंख लग जाते। मैदान में दौड़ते हुए सामेल का पीछा करते हुए आँखें थक जाती थीं पर सामेल नहीं थकता था। वह अपने मित्रों से कहा करता था, 'जब मैं मैदान में उतर जाता हूँ, स्टिक में लाल झाड़न देखते ही रिसिया जाता हूँ।' उसके मित्र उसे चिढ़ाते, 'लाल झाड़न देखकर तुम मैदान में ढुसराहा साँड़ बन जाते हो'। यह भी सच था कि पिछले पाँच वर्षों से सामेल की टीम लगातार जीतती आ रही थी।

आज पाँच वर्षों के बाद पुरनापानी और मेरोमडेगा की टीम भिड़ रही थी। मेरोमडेगा पूर्वी क्षेत्र की दिग्गज टीम थी, जबकि पुरनापानी की टीम उत्तरी क्षेत्र की दिग्गज टीम थी। पिछले पाँच वर्षों में खेल की लोकप्रियता बढ़ी थी और अब क्षेत्रीय स्तर पर, जिला स्तर पर और प्रखंड स्तर पर अलग-अलग

तरीके से खेल आयोजित किए जाते थे। दोनों टीमें सभी अड़चनों को पार कर यहाँ पहुँची थीं। दोनों टीमें अपनी-अपनी जुगत भिड़ाने में जुट गई थीं। पुरनापानी की टीम मैच के दिन से एक रात पहले ही मेरोमडेगा पहुँची थी। दोनों टीमों को गिरजाटोली में ठहराया गया था। वहाँ गिरजाघर में सामान रखने की सुविधा थी। गरमी का दिन था, इसलिए खुले आसमान के नीचे ही सोना था। बगल में झरिया था। नहाने, फारिग होने में इस कारण किसी तरह की असुविधा नहीं थी।

पुरनापानी की टीम पहुँचकर आराम कर रही थी। गाँव के लोग उनसे मिलने, हाल-चाल पूछने आते रहे। खाना पकाने-खाने की व्यवस्था गाँव के लोगों ने कर दी थी। चावल-दाल खिलाड़ी स्वयं लेकर आए हुए थे। खिलाड़ी आराम फरमा रहे थे। थोड़ा अंधकार बढ़ा और मिलने आनेवालों का सिलसिला रुका। तभी एक आदमी आया, हाथ मिलाया और बैठ गया। कुशल-क्षेम पूछने के बाद उसने कहा, 'देखो यार, जीतोगे तो कुछ इंतजाम करो। अरे, मेहनत करोगे तो जीतोगे ही।' सामेल ने कहा, 'देखो यार! हम तुम्हारे गाँव आए हैं। तुम्हारे मेहमान हैं। अगर हम नहीं जीतते हैं तो तुम्हारी बदनामी होगी।' उसने पूछा, 'क्यों, गाँव की बदनामी क्यों होगी?'

सामेल, 'क्योंकि हम उतनी दूर से आए हैं, थके-माँदे। तुम्हारे गाँव के लोगों ने पानी तक के लिए नहीं पूछा।'

उसने कहा, 'मेरे रहते ऐसा नहीं हो सकता! चलो पानी पिलाता हूँ। सब प्रकार का पानी पिला सकता हूँ।'

इस तरह आपस में वे बात-चीत करते रहे। ठिठोली चलती रही। थोड़ी देर बाद वह जाने को हुआ तो खिलाड़ियों ने उसे रोका और कहा, 'बस खाना पककर तैयार हुआ जा रहा है। खाकर चले जाना। तब तक बातें करो यार! अच्छा लग रहा है।' सामेल और उसके दोस्तों ने उसे पटा लिया। खिलाड़ियों में से एक उस आदमी के बारे जानता था। वह दवाई जानता था। जिस टीम के लिए भी मैदान में दवा गाड़ देता, वह टीम अवश्य जीतती थी। सो उससे काम कराने की जुगत में सारे लोग भिड़ गए।

सामेल उसके नजदीक खिसकते हुए बोला, 'इयार तुम हमें जिताओ, हम तुम्हें फरदी धोती पहनाएँगे।'

वह बोला, 'फरदी धोती? इतनी रात में फरदी धोती के लिए मैं जान नहीं दूँगा।'

सामेल, 'तुम भी यार, वैद्य होकर न-नुकुर मत करो।'

'देखो, अब समय बीत गया।'

'हमारा काम तो तुम्हें करना ही पड़ेगा।'

'तुम्हें नहीं पता, इस सबका नियम-कानून मानना पड़ता है!

सामेल बोला, 'आगे-पीछे मत करो। हमने कह दिया धोती पहनाएँगे।'

वह बोला, 'पहले खैनी दो। बाद में धोती पहनाना। हाँ, पहले मुझे ठेठमुंगरा कर लोगे। तब धोती पहनाओगे।'

'खिलाते हैं यार, लेकिन हमारा काम होना चाहिए, नहीं तो ये देखो···' कह कर गेंदा लाठी की तरफ इशारा कर दिया। सभी हँस पड़े। तभी भोजन के लिए बुलावा आया। सब लोग उठकर चले गए।

खाना खाने के बाद सब बैठ गए। तुरंत सोना भी ठीक नहीं था। मेहमान को भी खाकर तुरंत जाना शोभा नहीं देता। जेठ का महीना, ऊपर से अमावस्या की रात्रि। पूरा आकाश तारों से झिलमिल कर रहा था। कभी-कभी चमगादड़ इनके ऊपर से फड़फड़ाते हुए उड़ जाते। रात धीरे-धीरे निस्तब्धता में डूबने लगी थी। हवा जो दिन में तप रही थी, शांत होकर थके-माँदों को थपकी देने लगी थी। वातावरण की गंभीरता मन को छूने लगी थी। सबका मन अपने आप में केंद्रित होने लगा था। ऐसा ही वातावरण व्यक्ति से निर्णय लिवाता है।

वैद्य ने गंभीर लहजे में कहा, 'तुमने मेरी इज्जत की है। सच में मेरा मन अब तुम्हारी मदद करने को चाह रहा है।'

'अच्छा क्या करने को मन कर रहा है?'

'यही कि तुम जीत जाओ।'

'यार! हम भी तो यही चाह रहे हैं। देखो न, जरा कोशिश करो।'

'असल में देखो आज 'जेठ अमास' है। आज की रात मैं 'अंधार कोना'

पूजा करता हूँ। फिर मैं वहाँ से वापस आकर मैदान में दवा गाड़ दूँगा। देखना, कितना भी पंखराज टीम क्यों न हो, तुम ही जीतोगे। जीतकर ही रहोगे।'

सामेल गंभीरता से बोला, 'हमारी जबान एक ही है। धोती पहनाकर ही रहेंगे।'

'लेकिन दवा गाड़ने का नियम है।'

'बोल यार! हम नियम-उयम सब मानेंगे।'

'तो सुनो, मैं अकेले अंधरी कोना आऊँगा। वहाँ पूजा करूँगा। तब वहाँ से मैदान में दवा गाड़ने जाऊँगा। उस समय ठेठमुंगरा रहूँगा। अँधेरी रात है, फिर भी मेरे सामने कोई न आए।'

'ठीक है यार! तुम अकेले जाना।'

'असल में ढोल पहाड़ी की तरफ उतरा है, कहते हैं, इससे थोड़ा संदेह होता है। गाँव की मान्यता के अनुसार उसने बाघ का नाम नहीं लिया। गाँवों में लोग बाघ का नाम रात को नहीं लेते। हाथी का नाम नहीं लेते, और साँप को 'डोरा' कहते हैं, सामेल और उसके साथी बाघ का नाम न लेने पर भी समझ गए।

आधी रात को वैद्य अंधरी कोना पूजा करने गया। उसकी रक्षा के लिए पूरी टीम ढोल पहाड़ी की तरफ निकल गई थी। जब वे लौट आए तो सबकुछ ठीक-ठाक अपनी जगह पर था। वे इत्मिनान हो, सो गए।

इधर मेरोमडेगा की टीम के लिए भी गाँव के लोग जुगत भिड़ा रहे थे। गिरजाघर के निकट के बड़े कटहल पेड़ पर दो लड़के चढ़कर छिपे हुए थे और इनकी सारी बातें सुन रहे थे। जब सारे लोग ढोल पहाड़ी की तरफ चले गए थे, ये दोनों पेड़ से उतरे। इन्होंने गिरजाघर में घुसकर सबकी स्टिक को टटोला और तुरंत ही टीम के वापस आने से पहले भाग गए।

दूसरे दिन, ब्रह्मबेला में चुहचुहिया बोली। खिलाड़ियों को तो ऐसे ही बेचैनी थी। चुहचुहिया की आवाज सुनते ही सब बिस्तर से उठ गए। फारिग होकर शरीर को गरमाने में लग गए। सात बजे सब खिलाड़ियों को मैदान में उपस्थित हो जाना था। गिरजाघर में अफरा-तफरी मची थी। खिलाड़ी

तैयार होकर अपनी-अपनी स्टिक लेने लगे। सामेल भी स्टिक लेने आया। पर यह क्या? वह अपनी स्टिक को पहचान नहीं पा रहा था। जब सबने अपनी-अपनी स्टिक उठा ली तो एक स्टिक वहाँ पड़ी रह गई, जैसे नंगधड़ंग लावारिस मृत शिशु पड़ा हो। स्टिक को देखकर सामेल का शरीर काँपने लगा। वह अपनी स्टिक छूने से भी डरने लगा। पसीने से उसका शरीर नहा गया और निढाल होकर वह वहीं बैठ गया। सामेल की दशा देखकर बाकी खिलाड़ियों के चेहरों पर हवाइयाँ उड़ने लगीं। लगभग 15-20 मिनट बाद किसी ने सामेल के कंधे पर हाथ रखा। सामेल के संयम का बाँध टूट गया। उसकी आँखों से बरसात की धारा बहने लगी। तब दूसरे ने उसे गले लगाते हुए बहुत धीमे से कहा, 'जो होना था, सो हो गया। अब उठो, वैद्य का भरोसा है। यह हमारी परीक्षा की घड़ी है। उठो, सब मिलकर खेलेंगे। जीतेंगे नहीं तो हारेंगे भी नहीं।' उसने हौले से सामेल को उठाया। एक अन्य दोस्त पानी ले आया और मुँह धोने को दिया। सामेल ने लगभग पंद्रह मिनट तक मौन रहने के बाद लंबी साँस छोड़ी। फिर पानी माँगा, पीया और खेलने के लिए मन को दृढ़ करने लगा। लेकिन उसका चेहरा निस्तेज ही रहा। लग रहा था—वह अपने प्रियजन को दफनाकर अभी-अभी लौटा है। आखिर धीरे-धीरे उसने कदम बढ़ाया। तब सब आगे बढ़े। अब सबका भरोसा सामेल पर न रहा, लेकिन वैद्य की करामात पर टिक गया था। धीरे-धीरे उनके चेहरे पर थोड़ी सी सहजता लौटी।

खेल के मैदान में मेरोमडेगा की टीम समय पर पहुँच चुकी थी। खेल का निश्चित समय पार हो रहा था, इससे उनमें से कुछ क्रुद्ध थे, कुछ नाराज थे, कुछ पुरनापानी की टीम को पस्त देखकर मजा ले रहे थे। जो क्रुद्ध थे, वे जमीन पर अपनी स्टिक पटक रहे थे, जैसे रणस्थली में घोड़े अपना खुर पटककर धूल उड़ाते हैं। पुरनापानी की टीम मेरोमडेगा की टीम के व्यवहार को देखकर थोड़ी उत्तेजित हुई। उत्तेजना में ही खेल शुरू हुआ। बेमन के खेल से मेरोमडेगा की टीम भी आनंद नहीं उठा पा रही थी। तभी पुरनापानी टीम की नजरें बीच मैदान की ओर गईं। उन्होंने चोर नजरों से देखा, जिधर वैद्य ने

करामाती गंडा गाड़ा था। वह स्थान खुला पड़ा था, मानो खुलकर हँस रहा हो इनकी बेवकूफी पर। सामेल सहित सबका मन डूब गया। अब मरता क्या न करता, वाली बात हो गई। खेल का दृश्य ऐसा था कि टीम बचाव कर रही थी। सामेल बार-बार लड़खड़ा रहा था, पर अभी तक मेरोमडेगा की टीम उन पर हावी नहीं हो पाई थी।

खेल चल ही रहा था कि इसी बीच दर्शकों का एक रेला आया। मैदान के उस छोर पर थोड़ा शोर और पुनः खेल शुरू होता, कि खिलाड़ियों ने देखा, पहचाना—यह तो पुरनापानी का दर्शकवृंद था। उनमें लाल फ्राक पहने सीलो और हरी साड़ी में जसो भी शामिल थी। उन्हें देखकर एक पल के लिए सामेल का मन बुझ गया। आँखों के आगे धुंध छा गई, लेकिन दूसरे ही पल विश्वास की हवा का झोंका आया और धुंध को उड़ा ले गया। बुझती आग को हवा प्रज्वलित कर गई। मैदान का रुख पलटने लगा। मेरोमडेगा की टीम हैरान थी कि पुरनापानी की टीम गिरगिट की तरह रंग बदल रही है। सामेल जो तभी से लड़खड़ा रहा था, अब उसके सधे पैर जमीन पर पड़ने लगे हैं। पर पुरनापानी से आए दर्शकों का चेहरा रुँआसा ही था। वे सोचने लगे थे कि क्या उनकी चहेती टीम यही है? यही टीम पिछले पाँच वर्षों से गाँव लौटती थी तो विजयदर्प चेहरों को देखकर गाँववासी अपने आप चहकने लगते थे? आज की टीम उनकी पुरानी जानी-पहचानी टीम नहीं रह गई थी।

खेल देर से शुरू हुआ था, इसलिए पुरनापानी के दर्शकों को देर का लाभ मिला। जसो ने टीम को देखा, सामेल को भी देखा, स्टिक को देखा। उसका हृदय धक कर गया। उसे समझ में आ गया। सामेल के स्टिक की चमक रह नहीं गई थी! उसका रंग मटमैला हो गया था, वह आशंका के गहरे तल में डूब गई। अपने आपको जैसे-तैसे सँभाला।

हाफ टाइम हुआ। सभी खिलाड़ी अपने-अपने झुंड में पानी पीने, पसीना पोंछने और हलका होने गए। जसो ने अपने आँचल को फाड़ा और टुकड़े को सीलो को दिया और बोली, 'जाकर मामू को दे आ।' सीलो आँचल का टुकड़ा लेकर मामू के पास गई। चिल्लाकर बोली, 'मामी (फुफु) ने दिया

है। सामेल की आँखें जसो की ओर उठीं। उसने टुकड़ा लिया और अपनी स्टिक में लपेट लिया।

आषाढ़ के महीने की पहली बरसात का आनंद आप ने लिया होगा। चरवाहे बैल-बकरियों को चराना आरंभ कर देते हैं। जामुन और बरहड़ पक-पककर टपकते हैं। आषाढ़ की फुहार धरती पर पड़ती है। तीसरे-चौथे दिन चौरस मैदानों में दूर-दूर तक हरी-हरी दूब जमीन के बाहर झाँकने लगती है। ऐसा लगता है मानो छोटे-छोटे खरगोशों के नरम-नरम कान बिलों से बाहर झाँकने को आतुर हों। बादल, हवा, फुहारें और सूर्य की किरणें मिलकर धरती के साथ अठखेलियाँ करती हैं। तभी धरती पर लाल-लाल मखमली पटबीजने हरी-हरी घासों पर न जाने कहाँ से उग आते हैं! ये नरम-नरम पटबीजने, जो जरा सा स्पर्श पाते ही पैरों को मोड़कर बेदम से पड़े रहनेवाले जीव आसमान के नीचे बेशर्मी से एक-दूसरे के पीछे दौड़ने लगते हैं। सौंदर्य का इतना विराट् रूप, जिसने देखा, वही आत्मलीन हो जाता है, पर शीघ्र ही हरी-हरी धरती पर लाल-लाल बूटे काढ़नेवाले पटबीजने पता नहीं कहाँ लुप्त हो जाते हैं।

हाफ टाइम समाप्त हुआ। खेल पुनः आरंभ हुआ सामेल का स्टिक पूरे मैदान में चमकने लगा। गति इतनी तेज थी कि यहाँ से वहाँ तक स्टिक से हरे रंग की लकीर खिंच जा रही थी। अब तक जो खेल अलसाया-सा चल रहा था, सँभल गया। मेरोमडेगा की टीम के कान खड़े हुए। उनके कानों में सनसनाहट होने लगी। दोनों टीमें मौके की तलाश करने लगीं। आक्रमण-प्रत्याक्रमण की बौछार होने लगी। स्टिक आड़े-तिरछे कर गेंद रोकने, पास देने की कलात्मकता दिखाई देने लगी। दोनों टीमें 'तुम नहीं हम' के दम पर खेल रही थीं। दर्शक चिल्ला-चिल्लाकर हौसला बढ़ा रहे थे। पर गेंद है कि कभी गोल-पोस्ट के बाहर चली जाती, कभी गोलकी या कोई खिलाड़ी गेंद छीनकर पीछे वापस कर देता। खेल रोमांचक हो गया था। दर्शकों के रोंगटे खड़े होने लगे। लगता था कोई भी टीम हारने को तैयार नहीं थी।

खेल का अंतिम पाँच मिनट बाकी था। दोनों टीमें थोड़ी देर के लिए शिथिल हुईं। सबको उम्मीद बँधी कि चलो ड्रॉ हो जाएगा। कम-से-कम

कोई हारा नहीं। दोनों ही टीमें बीस थीं, इसलिए इनाम भी बराबर-बराबर बँट जाएगा। तीन मिनट तक खेल शिथिल रहा। अचानक सामेल की स्टिक की चपेट में गेंद आ गई। फिर तो वह दौड़ते-छकाते सीधे गोल पोस्ट की ओर दौड़ा और गेंद गोल पोस्ट में डाल दिया। पलभर के लिए हवा रुक गई। गोलकी और रेफरी दोनों स्तब्ध रह गए। पल बीता और एकाएक सभी दर्शक खुशी के मारे शोर मचाने लगे। मैदान में लड़के 'कलाबाजी' करने को घुस आए। सीटियों के शोर से कान बहरे होने लगे। ऐसा लग रहा था कोई किसी के वश में नहीं है।

खेल समाप्ति की लंबी सीटी रेफरी ने फूँक दी। सबने राहत की साँस ली। अच्छा हुआ कम-से-कम निर्णय तो हो गया। शोर-गुल चल ही रहा था। खिलाड़ी दो कतारों मे होकर हाथ मिलाने लगे। मेरोमडेगा की युवतियाँ लोटों में पानी लेकर खिलाड़ियों के स्वागत के लिए हाजिर हो गईं। खिलाड़ी हाथ मिलाने के बाद युवतियों की ओर बढ़े। युवतियों ने पहले अपने गाँव के खिलाड़ियों के पैर धोए, फिर फूल-मालाओं से उन्हें लाद दिया। पुरनापानी के खिलाड़ियों को अपनी बारी के लिए इंतजार करना पड़ा। अनुशासन की यह घड़ी बेहद संवेदनशील थी। लग रहा था समय बीत ही नहीं रहा है।

मेरोमडेगा की युवतियों ने पुरनापानी के खिलाड़ियों के पैर मल-मलकर धोए। वे खूब मजाक भी कर रही थीं। वक्त काफी लंबा खिंच गया। फूल-मालाओं से लाद देने के बाद ही सामेल और उसके दोस्तों को मेरोमडेगा के लोगों से मुक्ति मिली। तब कहीं गाँव के लोगों से मिलने की छूट उन्हें मिली। पुरनापानी के दर्शक कतार में खड़े थे। सामेल खिलाड़ी टीम को लीड कर रहा था। जसो और सीलो भी पंक्ति में थीं। जसो पहले से ही बेरे-बेरे हो रही थी। जैसे ही सामेल निकट पहुँचा और हाथ मिलाने लगा, जसो का बाँध टूट गया। वह जोर से रो पड़ी और सामेल की छाती पर अपना सिर गड़ा दिया।

आगे क्या हुआ, यह सब जानते हैं।

दूसरे वर्ष सामेल की नौकरी शहर में लग गई। वह एन.सी.सी. के कमांडर के साथ-साथ लग गया था। उसका काम एन.सी.सी. के प्रशिक्षण

सामग्री को यहाँ-वहाँ पहुँचाना-ढोना था। अब वह गेंद नहीं खेलता। यहाँ कोई उसे नहीं पहचानता। वह लश्कर कहलाने लगा है। एक छोटे से कमरे में कैद हो गया है।

बस, जसो साथ है और सीलो भी। जब सीलो को मामू से अधिक पैसे चाहिए होते तो वह सामेल को बोलती, 'मामू। मामी का झाड़न मैं ही आपके लिए पहुँचाती थी।' मामू चुपचाप भाँजी को पैसे थमा देता है।

□

भाग्य

सारे खेत पुआल हो गए। कुवार में ही खेत फट-फट गए। मवेशी डोलने लगे। इस बार की महामारी अलग। मुरगा-मुरगी और सूअर-बकरी मरकर खत्म हो गए। गुरली बुढ़िया को जीने का कोई उपाय नहीं सूझने लगा। देहात में किसी स्त्री के एक या दो बच्चे पैदा होते ही उसे बुढ़िया कहा जाने लगता है। गुरली के तो कुल पाँच बेटे थे। बेटी एक भी नहीं थी। पाँच बेटे, गुरली और उसका पति, परिवार में कुल सात प्राणी होते थे। तीन बड़े बेटे तो लंबे और मजबूत, गंभार के पेड़ों की तरह थे। पिछले वर्षों तक ठीक-ठाक धूप और बारिश हुई, इससे जीवन बिताना कठिन नहीं लगा। तीनों बेटे जो सयाने हो चुके थे, गंझू के यहाँ धांगर रहते थे। बड़े दोनों भाई हल जोतते थे। छोटा भाई गाय-बकरी चराता था। गंझू ने बड़े दोनों भाइयों को बरकी और छोटे को पेछौरी दिया था। गुरली बुढ़िया भी गंझू के घर ही आँगन-गोबर, उसना-बरका करती थी। सिर्फ माना और उसके दोनों बेटे किसी के यहाँ काम नहीं करते थे। बहुत हुआ तो किसी के यहाँ लकड़ी फाड़ने का काम कर देगा अथवा हाट-हाट बनिया सौदा बेचने जाता तो उनका भार ढो देता था। समुदाय में बने रहने के लिए टोला और गाँव के पंचायत और मदइत में अवश्य शामिल होता था। वर्षा ऋतु में भीखू साव का भार ढोता था, तब माना को साढ़े तीन पैला धन मिलता था। लेकिन सूखे दिनों में अंजुरा नहीं दिया जाता था। सिर्फ तीन पैला दिया जाता था। यों ही सूखे दिनों में बहुत से भार-भरिया मिल जाते थे। साव के घोड़े के लिए घास

काट देता था। माना को उसके लिए अलग से दो-दो पैसा ही (एक आना) दिया जाता था। तंबाकू तो माना को कोई भी दे देता था। माना की आदत थी एक आना में से एक पैसे का फोंगटा रोटी ख़रीदकर खाता। बाकी तीन पैसों का नमक-तेल खरीदकर घर ले जाता था। इतनी उमर बीत जाने के बाद भी माना बूढ़े ने एक आंतर जमीन नहीं बनाई थी।

इस वर्ष भयंकर अकाल पड़ रहा है। इधर गुरली ने फिर एक संतान को जन्म दिया। इस बार गुरली की गोद में बेटी आई है। गुरली ने कुवार महीने में बच्ची को जन्म दिया। घर के सभी बच्चे गोर-नार थे, लेकिन शायद सबसे छोटी होने के कारण बच्ची सबसे ज्यादा गोरी थी। सिर के बाल भी घने और लंबे थे। दगरिन नाल काटते समय ही बोल उठी, 'बाप रे भौजी, तुम्हारी बेटी तो कचनार के फूल की तरह साँचे में ढली हुई होगी। तुम्हारे गोशाले को भर देगी।' दगरिन की बात और बेटी की झलक मात्र देख पाने के बाद ही गुरली प्रसन्न हो उठी। थोड़ी देर के लिए भूल गई कि इस बार मौत न आने के कारण ही जिंदा रहा जाएगा। अन्यथा भूख से मरना ही है। बहन को देखकर लड़के भी प्रसन्न हुए। बड़े भाई कहते, 'जब हम काम करके थककर लौटेंगे तो यह बहन हमें बैठने को पीढ़ा देगी। फिर डुभा में पीने को पानी देगी।' माँ बच्ची को चटाई पर लिटा देती। दोनों छोटे भाई वहाँ घुटने के बल बैठकर उसे देखते रहते। उनके मुँह से रंग-बिरंगी सपनों भरी बातें निकलती रहतीं। नाभि झड़ा। उस दिन हल्दी-तेल से नहाकर, घर-द्वार गोबर से लीपा गया। हल्दी पानी पूरे घर में छिड़का गया। बच्ची का नाम रखा गया 'सिनकोम'।

कटनी-मिसनी खत्म हुआ। गाय-बकरी को छुट्टा छोड़ दिया गया। लोगों ने तब शांति की साँस ली। गंझू के घर का काम भी समेटा गया। माघ चढ़ा और इधर धांगरों को बिदा करने का समय आ गया। पूर्णिमा से पहले वाले दिन माना और माना की पत्नी डाली और भार लेकर गंझू के घर पहुँचे। दोनों बड़े बेटों का दस काठ और छोटे बेटे का एक काठ धान देना तय हुआ था। दोनों लड़के दो-दो भार धान ढोएँगे। माना एक भार ढोएगा और गुरली एक डाली धान सिर पर ढोएगी। ऐसा सोचकर वे दोनों खुशी-खुशी

गंझू के दालान में जाकर बैठे थे। माना और गुरली ने नेठो, भार और डाली को पटककर रखा। गंझू को जोहार कर जमीन पर बैठ गए। उस समय गंझू लोटा और बाल्टी में पानी लेकर बैठा था और दातुन कर रहा था। गंझू कुछ देर तक इधर-उधर घूमता रहा। घूम-घूमकर दातुन चबाता रहा। कुछ देर तक आँख, मुँह, कान, हाथ और पैर धोता रहा। फिर अंगोछे से हाथ-मुँह पोंछा। तत्पश्चात् गुरली और माना के सामने आकर खड़ा हो गया। बोला, 'धान लेने आए हो।'

माना, 'हाँ गोमके, जतरा के लिए कुछ इंतजाम करना है।'

गंझू, 'अच्छा, दूँगा', कहते हुए अंदर चला गया। थोड़ी देर बाद उसका नौकर डाली-डाली धन लेकर आया और बरामदे में ढालने लगा। ढाल चुकने के बाद माना और गुरली से बातें करने लगा। बातों-बातों में ही सोहना ने माना और गुरली को जना दिया कि इस बार खलिहान में ही झरेइन नहीं। दो सौ काठ तक लगभग धन घटा है। इतने में गंझू भी नाश्ता पानी कर कमरे से बाहर आ गया। उसे देखकर सोहना बोला, 'यहीं पर डाल दूँ?' गंझू ने कहा, 'तुम भूती पैला लेकर आओ, भूती पैला।' सोहना पैला ले आया। गंझू ने सभी डाली को निकट लाने को कहा। पैला देखकर माना बोला, 'नहीं ढारिएगा मालिक?'

गंझू, 'इस बरस की खेती-बारी को नहीं देख रहे हो? मैं नापकर दूँगा, लेना है तो लो। इस वर्ष तो देना ही नहीं था। तुम सब ने पेट फटने तक साल भर मेरे घर में खाना खाया है। उसका भी तो हिसाब होगा। अगर इस बरस नहीं देना है धांगर तो मत दो अपने बेटों को धांगर। कोई जबरदस्ती नहीं है।'

माना खुशामद भरे स्वर में बोला, 'नहीं गोमके, आप ही की बदौलत हम जी रहे हैं। आपके पैरों के नीचे से हम कहाँ जाएँगे?'

गंझू, 'तो लो, ले लो।' लेकिन सूखे भर तो मैं लड़कों को नहीं रखूँगा। दोनों लड़के भी मेहमान वगैरह जाकर खानापुरी कर लें।'

'नहीं रखूँगा' सुनकर गुरली और माना के प्राण सूख गए। उनके सामने विकट समस्या एकाएक आकर खड़ी हो गई। कहाँ जतरा जाने की तैयारी

करना चाह रहा था दंपती और अब उनके पैरों तले की जमीन खिसकने लगी। उनके जीवन में भूचाल आ गया। चेहरे पर हवाइयाँ उड़ने लगीं। माना के चेहरे पर निराशा छा गई। गुरली को चक्कर आ गया। यदि दीवार को हाथ से नहीं थामती तो गश खाकर गिर पड़ती। गुरली तड़पने लगी। दो छोटे बेटों के साथ भोजन की तलाश में कहाँ जाए? माना को कड़ी मेहनत करने की कभी आदत ही नहीं रही। खेतों में दरार पड़ गए। जंगल में आग लगते देर नहीं लगेगी। जंगल के पतंगे तक उड़ चुके हैं। यही तो आगे आनेवाले दिनों की पूर्व सूचना है। बड़े बेटे दूर कमाने भी जाएँ तो तीसरा क्या करेगा? इसी उम्मीद में गुरली ने पूछा, 'चरवाहा को तो रखेंगे गोमके?'

गंझू, 'उसे रखूँगा। सुबह-शाम बैल-बकरियों को खोलेगा-बाँधेगा इसलिए। दोनों बड़े लोगों का काम नहीं है। ठनठन खेत न जोतते बने न खोदते बने।' फिर व्यंग्य करते हुए दोनों लड़कों को देखकर बोला, 'और हाँ, दोनों लड़के जवान हो गए हैं। कुछ दिन लमचेटुवा जैसा इधर-उधर आवारागर्दी कर लें।' फिर अपनी ही बातों पर स्वयं हँस पड़ा।

गंझू ने धान नाप दिया। छपनाहा पैले से नहीं, भूती पैला से। एक ही खेप के लिए धान काफी था।

माना ने सोच रखा था कि यदि गंझू ढार से धान नापेगा तो तीन-चार काठ का मोरा बाँधेगा। कुछ धन को बेचकर परिवार के लिए पहनने के कपड़े खरीदेगा और, बाकी पैसों से जतरा घूमेंगे। लेकिन यहाँ बात ही उलट गई। वैसे, गंझू यदि ढार से नापता तो एक डाली में छपनाहा पैला के हिसाब से साठ-बासठ पैला समाता है। उसने मन-ही-मन कहा, 'जब नदी-नाले, कुएँ का पानी कुवार में ही उतर गया, गंझू का भंडार भी यदि सूख गया तो वह भी क्या कर सकता है! हम तो भूखे रहने के आदी हैं। लेकिन वो लोग तो भरपेट खानेवाले लोग हैं। खाकर पेट सँवारते उठते हैं। पता नहीं इस बार उनका दिन कैसे कटेगा? व्रत रखते हैं तो शाम होते-होते खाने को छटपटाते रहते हैं।'

गंझू का कपास की जड़ की तरह एक ही बेटा था। माना को उसकी याद आई—उसकी आदतें याद आईं। 'बेटे के गले में बिना घी की न रोटी

उतरती है न दाल। इसके बाद भी वह सुइया पक्षी की तरह सूखा शरीर लिये नाटे कद का है। हम तो फोफी महुवा भी खाकर जी लेंगे। उसका क्या होगा?'

माघ महीने के बचे हुए दिनों में दोनों बड़े लड़के इधर-उधर मेहमानी में जाते रहे। जतरा-जतरा घूमे तो अनेक लोगों से उनकी मुलाकात हुई। इसी में उन्हें पता लगा कि उड़ीसा की महानदी में हीराकुंड बाँध जा रहा है। वहाँ काम करने के लिए कुली खोजे जा रहे हैं। काम के एवज में प्रतिदिन दस रुपए दिए जाएँगे। कंपनी की तरफ से चावल-दाल मिलेगा। कंपनी ही लकड़ी, तेल, नमक और बीड़ी-तंबाकू सब बेचेगी। दूर जाने की कोई जरूरत नहीं। सब वहीं से खरीद लेना है। फागुन के अंत में दोनों भाई ने कुछ चावल और पैसे लिये। गाँव के बीसियों लड़के जा रहे थे। उनके साथ दल बाँधकर दोनों भाई संबलपुर चले गए।

जंगल में घूमते हुए किसी का मन सीधे लंबे पेड़ पर आ जाए और वह उसे लेना चाहे तो कोई क्या कर सकता है? वह उसे लेगा भी तो किस तरह लेगा? क्या वह उसे जड़ सहित उखाड़कर ले जाएगा? खाद-पानी देकर रोपेगा? या उसी के छोटे पौधे को जड़ और मिट्टी सहित ले जाकर रोपेगा? ठोस पेड़ को तो घर बनाने या औजार बनाने के लिए काटकर ले जाते हैं। काटकर वह लकड़ी मात्र रह जाता है, जिसे ट्रक में लादकर शहर के आरा मिल में ले जाते हैं। वहाँ तार के घेरे के अंदर लकड़ियों की ढेर पड़ी रहती है। दोनों लड़के शहर के वैसे ही तार के घेरे के अंदर बंद होकर भुला दिए गए। काटे गए पेड़ अब फिर कभी नहीं पनपेंगे। छह वर्षों में बाँध बंधकर तैयार हो गया, लेकिन लड़के काम पूरा हो जाने के बाद भी वापस नहीं आए।

चैत महीने में महुआ में खोंच लगने आरंभ हुए। एक बार ऐसे समय में अवश्य बारिश होती है। वर्षा जरूरी है। तभी तो लोग खेत जोतेंगे। उलट-पलट खेत जोतेंगे, ताकि मिट्टी अच्छी तरह धूप खा ले। पेड़ों में फूल लगेंगे। आम, चार, बऊर आदि के मंजर लगेंगे। उनको मधुवाने के बाद यह वर्षा हो तो धोकर साफ-सुथरा करती है। लेकिन वर्षा को भी बड़ी नरमी से बरसना पड़ता है। पर इस वर्ष तो काल ही विपरीत था। पूरे चैत महीने में रह-रहकर

तीन बार ओले पड़े। झकास के मारे बड़े-बड़े पेड़ उखड़ गए। ओलों की मार से पेड़ नंगे हो गए। अब पूरा ग्रीष्मकाल फलों के बिना बीतेगा।

चैत में ओले पड़े, मतलब आगे गाँवों की पूरी जीवनशैली ही बदल जाएगी। पत्रविहीन, वृक्षों के नीचे बैठकर ग्रीष्मकाल बिताया नहीं जा सकता। न जंगलों में फूल-फल बटोरने को कुछ रह गया, न पेड़ों की ठंढी छाँव में हल छीलने और चटाई बुनने का सुख रह गया। खोंचाए हुए महुवा ने 'काना-केचरो' फूल गिराया। बच्चों ने उसे चुना और चूड़ी-लहटी खरीदने के लिए बेच दिया।

एक दिन गुरली भी काना-केचरो महुवा चुनने जंगल गई थी। अचानक आकाश में बादल छा गए। उस दिन बिजली की चमक और बादल की गड़गड़ाहट का वर्णन नहीं किया जा सकता। एक-एक पैला के ओले गिरे। महुवा चरनेवाली बकरियाँ और गुरली वर्षा से बचने के लिए बड़े पेड़ के नीचे खड़े थे। वज्रपात हुआ और सबकुछ समाप्त हो गया। पेड़, पेड़ पर घोंसलों में छिपे पक्षी, नीचे बकरियाँ और साथ में गुरली भी चल बसी। वह तो भाग्य साथ था सिनकोम का कि वह घर में रह गई थीं। सूर्यास्त के बाद अँधेरा छा जाता है। यदि सूर्यास्त के समय पश्चिम में लालिमा छा जाए तो लोग अटकलें लगा लेते हैं कि कल का दिन कैसा रहेगा। बादल छाए रहेंगे या आकाश खुला रहेगा! गुरली सिनकोम को तब छोड़ गई, जब वह पेट के बल घिसटती थी। माना की अँधेरी दुनिया में सिनकोम (तारा) तो रह ही गई।

ओले के कारण फोफी महुआ की आस भी समाप्त हो गई। कुछ दिनों तक माना बचे हुए धान को कूटकर माड़-भात खिलाता रहा। बड़ी हिफाजत से चला रहा था घर। दिनवा जाए ऋणवा न जाए। भोजन इतना भर था कि जीवन बचा रहे। पेट भरने का प्रश्न ही नहीं उठता है। दोनों बच्चों की भूख मिटती ही नहीं थी। खाने बैठते तो इस ताक में रहते कि किसकी नजर दूसरी ओर फिरे कि वह उसका हिस्सा बकोट ले। दोनों बड़े आपस में लूटपाट करते, लेकिन बहन का खाना उन्होंने कभी नहीं छीना।

सावन-भादो सूखा रह गया। लोग गंझू के पास अपनी जमीन रेहन

रखकर असाम-भोटाँग भागने लगे। माना के पास तो एक आंतर भी जमीन नहीं थी। उसने अपने चरहवा बेटे को गंझू के पास बंधक रख दिया। थोड़ा सा लटी-फटी को गठरी बाँध, बच्ची को पीठ में बाँध और चल दिया संबलपुर। वहाँ दूसरे लड़के को होटल में जिम्मा लगा दिया। वह जूठे बरतन साफ करता। जो जूठा बचता, उसे खाकर पेट भरता। रात को जमीन पर बोरा बिछाकर सो जाता। होटल के जीवन ने लड़के को ढीठ बना दिया।

माना संबलपुर में होटल के लिए पत्तियाँ तोड़कर लाता। लकड़ी फाड़ देता। कभी-कभी जंगल से लकड़ियाँ लाकर बेचता। वह इस ताक में था कि बेटे से कैसे छुटकारा मिले। अवसर मिला। एक दिन रात को सिनकोम को लेकर वह दूसरे गाँव में चला गया। लड़के का पेट होटल में भर जाता था। सो पिता के छोड़ जाने का असर उस पर नहीं पड़ा।

दूसरे गाँव में जाकर माना रोकाड़ी काम करने लगा। उसके नसीब में कभी हफ्ते भर के लिए काम नहीं मिला। काम मिलता तो बाप-बेटी का पेट भरता, नहीं तो खाली पेट दुखु के दालान में सो जाते। वहाँ रहते सिनकोम चार वर्ष की हो गई। भूख ने उसके शरीर की रौनक चूस ली थी। दयनीय दिखाई देती थी सिनकोम। माना के अंदर भी पिता का प्राण नहीं रह गया था। जिस दिल से बच्ची के लिए स्नेह झरता था, वह झरना अब सूख चुका था। एक दिन सवेरे माना ने सिनकोम का हाथ पकड़ा और आगे मयूरभंज की ओर चल पड़ा। रथयात्रा का समय था। लोग रथयात्रा के बहाने मेहमान आ-जा रहे थे। माना उनके साथ हो लिया। शाम हो गई तो एक घर के दालान में सोने की जगह माँगी। रात को सोने की स्वीकृति मिलने पर वहीं माना बेटी के साथ सुस्ताने लगा। उन दिनों लोग एक-दूसरे पर अविश्वास नहीं करते थे। लोग भी चोरी-डकैती का नाम तक नहीं जानते थे। एक-दूसरे की मदद करते थे। रात का बियारी घर मालकिन ने इन्हें भी दिया। खा-पीकर बाप-बेटी सो रहे।

दूसरे दिन मुरगा बोला में मालकिन जगी। वे लोग धान कूटने लगे। मालकिन का पति ढेकी खूँद रहा था। माना भी बिस्तर से उठा और साथ में ढेकी खूँदने लगा। इसके बाद उसने घर के लिए कई भार पानी ढोए। माना ने

काम कर दिया। बदले में दोनों को भरपेट खाना मिला। समय पर मिलजुलकर रथयात्रा देखने गए। घर मालकिन के बच्चे नहीं थे। उसने सिनकोम की उँगली पकड़ ली और यात्रा में शामिल हो गए। सामने पति चल रहा था। बीच में सिनकोम और पीछे माता। माना ताक देख रहा था। भीड़ बढ़ने लगी। मौका देखकर माना खिसक गया। इसके बाद वह विपरीत दिशा में दौड़ लगाकर दूर निकल गया। यात्रा से लौटकर सिनकोम और घर के लोग कुछ दिनों तक माना की राह देखते रहे। लेकिन माना का कहीं पता नहीं चला। उन्होंने माना की उम्मीद छोड़ दी। मान लिया यही सिनकोम का भाग्य था।

नदी और झरना गरमी में सूख जाते हैं। वर्षा ऋतु के आते ही सूखी नदी और झरनों में बाढ़ आ जाती है। लेकिन मनुष्य का हृदय सूखता है, तब दोबारा उससे प्रेम नहीं झरता है। जब माना का दिल ही सूख गया तो शरीर भी सूखे पत्ते की तरह उड़ता-उड़ता दूर निकल गया। माना के भूखे शरीर को काल कहाँ से कहाँ उड़ाकर ले गया, कोई जान नहीं सका।

सिनकोम समझदार थी। उसे संबलपुर के भाई का नाम और होटल का नाम मालूम था। उसने घर की मालकिन को सब बता दिया। निस्संतान से वे दोनों संतान वाले हुए। सिनकोम उन्हें माँ और पिता कहकर पुकारने लगी। माँ सुनकर मालकिन के हृदय से मातृत्व बहने लगा। एक वर्ष बीत गया। एक दिन वे सिनकोम को लेकर बस में बैठे। वे संबलपुर में सिनकोम के भाई से मिले। उसे पिता के खोने की बात बताई। वह बहन को पाकर खुश हुआ। दो दिन बाद सिनकोम पालक पिता के साथ रहकर मयूरभंज लौट गई। अब पालक पिता भी संपूर्ण पिता बनने का हकदार हो गया।

समय हाथ से फिसलता गया। होटल में काम करते हुए भाई जवान हो गया। आवश्यकतानुसार उसने अपना घर भी बसा लिया। पंद्रह वर्ष हाथों से फिसल गए थे। सिनकोम सुघड़-सलोनी युवती बन चुकी थी। माँ-बाप उसकी तुलना चाँद-तारों से ही करते थे। चंपा खिला था। उसकी सुगंध पूरे गाँव-जवार को पारकर दूर-दूर तक पहुँच रही थी। काम-धम में भी निपुण हो गई थी। दूर-दूर से लगातार कुटुंब आने लगे। एक बार तो ऐसा हुआ कि

शाम के मेहमानों को सुबह विदा किया और दूसरा परिवार आ धमका। लेकिन उस वर्ष बात नहीं बनी। 'अभी एक-दो साल घर का काम सीखेगी'—कहकर माँ-बाप ने बहाना बनाया। लेकिन केवरा का फूल जब खिलने लगा तो कभी इसमें, कभी उसमें। साल भर उसकी सुगंध उड़ती रही। सिनकोम की सुगंध भी बनई-बमड़ा तक पहुँच गई। दूसरे वर्ष सिनकोम को कुटुंब लग गए। पसंद आया और बातें जुटा दी गईं।

सिनकोम की सगाई हुई। रात को तो लोग दुरङ करते रहे। सुबह 'लोटापानी' के बाद रिश्ते पहचाने जाने लगे। सिनकोम के पिता ने सिनकोम के गाँव, माता-पिता, भाई सबके बारे में समधी को बताया। कुछ भी नहीं छिपाया। मेहमानों में एक सिनकोम का सबसे बड़ा भाई भी था। वह सारी बातें ध्यान से सुन रहा था। वह समझ गया कि यह उसके परिवार की कहानी है। सिनकोम उसकी बहन है। वह बड़ा हर्षित हुआ। उसने स्वयं का परिचय दिया। उसने अपने पिता की भूमिहीनता, जमींदार की ठगी, अकाल सबकुछ को रो-रोकर बताया। कहानी सुनकर मड़वा के लोग भी द्रवित हो गए। उसने कहा, 'मैं बामड़ा में ही रहता हूँ। मुझसे छोटा भाई भी वहीं है। हम दोनों ने थोड़ी जमीन बना ली है। दोनों भाइयों ने विवाह भी कर लिया है। सिनकोम को ससुराल भी मायका जैसा लगेगा।' सारी रस्में पूरी हुईं। भाई और पिता ने मिलकर तय किया कि तीसरे भाई को भी गाँव से बुला लेंगे।

विवाह अगले वर्ष फागुन में तय हुआ। संबलपुर से भाई को बुला लिया गया। वह मयूरभंज के माँ-बाप का सहारा बन गया। वह बहन को चिढ़ाता—

मुनगा दरू ओनोब नो रे अपा,
ओः दुरा किनभर पतर योता।।
बेटी बिदा तेरोब नो रे अपा,
ओः दुरा किनभर ञेलोङ योता।।

(तुमने मुनगे का पेड़ लगाया। पिता, घर-दरवाजा, आँगन प्रकाश से भर गया। तुमने बेटी बिदा किया। पिता, घर-द्वार-आँगन अंधकार से भर गया)।

सिनकोम के विवाह के समय सारे भाई जमा हुए। माता-पिता को काम

सँभालने की कोई चिंता नहीं रही। दोनों के खुशी के आँसू थम नहीं रहे थे। कभी खंघासार की तरफ जाते, कभी मेहमानों के बीच होते। दुलहन धूमधाम से बिदा हुई। दोनों छोटे भाई बारातियों के साथ बड़े भाइयों के घर देखने को बामड़ा गए। वापसी में भाइयों की थकान काफूर हो गई। परिवार के लोगों का मिलन अद्‌भुत था। दो रात रास्ते में बिताना पड़ा। लेकिन दूरी का पता नहीं चला। सब लोग सकुशल पहुँच गए अपने-अपने घर।

बहुत ज्यादा खुशी प्रकृति को भी बरदाश्त नहीं। वापसी में दुलहन की चाल के अनुसार चलना पड़ा था। यहाँ-वहाँ का पानी पीना पड़ा था। रात को सिनकोम को डायरिया हो गया। नई जगह थी इसलिए शर्म के मारे सिनकोम ने किसी को नहीं बताया। सुबह होते-होते सिनकोम का नस खिंचने लगा। हाथ-पैर ठंडे होने लगे। परिवार के लोगों को पता चला, तब तक देर हो चुकी थी। वैद्य आया पर रोग हाथ से निकल चुका था। सास और पड़ोसियों ने तेल गरम कर शरीर को गरम करने की चेष्टा की। आग जलाकर सेंक लगाई। लेकिन सूरज चढ़ते-चढ़ते सिनकोम का सिर लुढ़क गया। सारे भाइयों को मिलाकर स्वयं विदा हो गई। सूर्योदय हुआ, लेकिन तारा (सिनकोम) कभी न उदय होने के लिए छिप गया। यही तो भाग्य का खेल है!

□

बाही

दोपहर होने को थी। खाद ढोकर लौट रहे थे। यह अंतिम खेप थी। अब वे थोड़ी देर सुस्ताकर स्नान करेंगी। फिर घर जाकर कलेवा करेंगी। कुछ देर आराम करने के बाद तीन-साढ़े तीन बजे फिर खाद ढोने निकलेंगी। वे सुस्ताने के लिए पगड़ बूढ़ा की बारी के किनारे गईं। वहाँ बड़ा सा जामुन का पेड़ था। फल पकने लगा था। दूर से ही उन्हें बाही की आवाज सुनाई दे रही थी। वह पेड़ की चोटी पर चढ़ी हुई थी। चुन-चुनकर पके फल खा रही थी, इसलिए चहक भी रही थी। नीचे उसकी दीदी सोमारी गेंडूडांग से पके फल चुन-चुनकर तोड़ रही थी। मरियम बाही की आवाज सुनकर पेड़ के नीचे से बोली, 'हमारे लिए भी हिला दो न बाही, चुनकर खाएँगे।'

बाही, 'तुम लोग भी चढ़ो और खाओ न मामी (फूफू), तुम लोगों का भी तो हाथ-पैर है।'

मरियम, 'ओहरे बाही, हिला दो कह रही हूँ तो मुझे ही पेड़ चढ़ने को कह रही है!'

बाही, 'हाँ तो मामी, तुम्हारा भी तो हाथ-पैर है। मैं भी तो यही बोल रही हूँ।'

इतने में बाही का बड़ा भाई टोहिला भी पहुँच गया। वह हल जोतकर आया था। डाड़ी से हाथ-मुँह धोकर आया था और जामुन खाना चाहता था। बाही की आवाज सुनकर उसने ऊपर ताका। बाही तो पेड़ की सबसे ऊँची डाल पर पहुँच गई थी। टोहिला ने बाही से कहा, 'उतरो बाही, नहीं तो अभी

पत्थर फेंकूँगा।' 'पत्थर फेंकूँगा' सुनते ही बाही 'हाँ! उतर रही हूँ' बोलते हुए झटपट उतरने लगी। काफी नीचे उतर चुकी थी। लेकिन क्या कहें, जामुन का पेड़ ही ठसराही होता है। एक डाली टूट गई। बाही डाली सहित झड़झोड़ करते नीचे गिर गई। मरियम और उसकी दीदी सब हँस पड़े। मरियम के मुँह से निकल पड़ा, 'मिला न!' यह सुनते ही बाही को गुस्सा आ गया। जमीन से उठकर उसने सोमारी को एक झाँप मारा। सोमारी ने सोचा भी नहीं था कि बाही उसे पीटेगी। उसने सिर्फ इतना ही कहा, 'तुम्हें क्या हो गया बाही? मुझे मार रही हो?' टोहिला ने बाही को रोकने के खयाल से हाँ-हाँ कहा और बाही रुक गई। टोहिला मरियम की तरफ बढ़ा और जोहार बोला। जैसे ही टोहिला की पीठ बाही की तरफ पड़ी, वह गेंडूडांग लेकर घर की ओर चलती बनी।

उस समय तो बाही अपने ही घर गई। मरियम लोग भी अपने घर गए। जेठ का महीना था। दोपहर में सारे पशु-पक्षी आराम करते हैं। बैल-बकरी इस पेड़, उस पेड़ घूम-घूमकर पीपल, पाकड़, बरगद और जामुन के फल चुन-चुनकर खाते हैं। जो पेड़ों के नीचे बैठे रहते हैं, वे पागुर भाँजते रहते हैं। गाँव-घर के लोग पेड़ों के नीचे बैठकर आराम करते हैं। जब ठंढी हवा बहती है, तब लोगों की आँखें अपने आप बंद हो जाती हैं। मरियम लोग भी कुछ गिरजाघर में, कुछ स्कूल घर में, कुछ पेड़ों के नीचे आराम करने लगीं।

रोग-दुःख आदमी को जीवित रहते भर लगा रहता है। किसी को जन्म से तो किसी को बड़े होने के बाद रोग पकड़ता है। रोग का इलाज करने के लिए ही अनेक प्रकार के पेड़, फूल, लतर, कंद और बीज होते हैं। बस, सही इलाज के लिए इन्हें पहचानना है। बाही को पहले मिरगी रोग था। कहीं पर भी पानी, आग में गिर जाती थी। बहुत इलाज कराया पर ठीक नहीं हुई। जैसे-जैसे बाही की उम्र बढ़ने लगी, रोग भी बढ़ता गया। अब तो बाही विक्षिप्त की तरह होने लगी है। इसीलिए उसे लोग 'बाही' कहते हैं। उसका असली नाम तो बुधन था।

बाही ने अपने घर में खाना खाया। कुछ देर लेटी भी। लेकिन कब उठकर बाहर निकली, किसी ने नहीं जाना। वह निकलकर सीधे मरियम के

घर गई। वह रसोई में घुसी। चूल्हे के पास ही थाली-कटोरी रखे थे। एक चारू (मिट्टी का भात पकानेवाला बरतन) में भात था। थोड़ी दाल थी। बाही ने थाली में भात नहीं परोसा, दाल को ही चारू में डाल दिया और उसी में से निकाल-निकालकर खाया। वह इधर-उधर पूरा जूठा गिरा चुकी थी। खाने के बाद निकल रही थी कि मरियम ने उसे देख लिया। वह आराम करने के बाद गिरजाघर से आ रही थी। वह समझ गई बाही ने कुछ गड़बड़ किया है; क्योंकि बाही के हाथ-मुँह चावल-दाल से सने थे। मरियम रसोई में गई। रसोई का हाल देखा। गुस्से में एक बड़ी लाठी लेकर बाही के पीछे दौड़ी। बाही मरियम को देखकर पहले ही समझ गई थी कि अब उसकी खैर नहीं। वह 'मैंने कुछ नहीं चुराया है' कहते हुए गिधनी भदरा की तरफ भागने लगी। मरियम 'बगधरी, चोरनी, आज मैं तुम्हें मार डालूँगी।' कहते हुए उसके पीछे भागने लगी। गुस्साई मरियम पत्थर फेंक-फेंककर मारने की कोशिश करने लगी। घर से ड़ेढ-दो कोस दूर गिधनी टोंगरी तक खदेड़कर मरियम रुक गई। बाही डर के मारे जी-जान से भाग रही थी, मरियम से बहुत आगे निकल गई। मरियम वापस आने लगी। रास्ते में जो मिला, उसी को उसने बताया, 'बाही ने चोरी की। खाना चुराया। हमारा चारू-तवा सब जूठा कर दिया। अभी मुझे सब बरतन बदलना पड़ेगा।' लोग कहते, 'इसीलिए बाही, मत मारो मामी, मत मारो', कहते हुए भाग रही थी।' उस दिन यदि बाही मरियम के हाथ लग जाती तो बेहद पिटाती। मरियम के पूरे शरीर में क्रोध भरा था। वह डंडे से अगल-बगल के पत्थरों, झाड़ियों पर अपना गुस्सा निकाल रही थी। वह रसोई में गई। सारे मिट्टी के बरतन निकाल फेंके। गोबर से रसोई को लीपने के बाद मिट्टी के नए बरतन चूल्हे में चढ़ाए।

बाही ने मरियम के क्रोध का अनुमान लगा लिया। वह इतना डर गई कि वापसी की बात याद ही नहीं रही। छिपने के लिए एक गुफा में घुस गई। कुछ देर तो बाहर झाँक-झाँककर देखती रही। लेकिन दौड़ने के कारण थक गई थी, थोड़ी ही देर में उसे नींद आ गई। वह वहाँ नींद में बेसुध पड़ी रही। आदमी या कोई भी प्राणी, जितना हो सकता है, प्राण बचाने के लिए भागता

है। जब असमर्थ हो जाता है, तब शरीर सिकोड़कर या शरीर और घुटने को सटाकर लेट जाता है। बुधन ने भी वही किया। थककर लेटी तो सारी रात माँद के अंदर ही रही। दूसरे दिन सूरज चढ़ गया, तब उसकी नींद खुली। लेकिन डर से बाहर नहीं निकली।

इधर उस रात बुधन को किसी ने नहीं ढूँढ़ा। सोने से पहले उसकी दीदी सोमारी कहती फिरी, 'बाही अभी तक नहीं आ रही है—कब तक जागूँगी।' कभी कहती, 'किसी के पुआल-मचान में सो गई होगी। गछवारिन तो है ही।' कुछ देर सोमारी बुधन की राह देखती रही, फिर सो गई। दूसरे दिन कलेवा-समय हो गया, लेकिन बुधन का कहीं पता नहीं चला। दीदी सोमारी और दादा टोहिला को चिंता सताने लगी। जब दोनों ने गाँव में लोगों से पड़ताल किया तो उन्हें पता चला कि बाही ने मरियम के घर में घुसकर भात चुराया था। सारे चारू तवा जूठे कर दिए थे। इसीलिए मरियम ने उसे पीटने को दौड़ाया था। वह पत्थर फेंककर भी मारने की कोशिश कर रही थी। उसने उसे गिधनी टोंगरी की तरफ खदेड़ा था। सोमारी ने मरियम से पूछा तो बड़े क्रोध से वह बोली, 'मेरा इतना-सारा पैसा खर्च हुआ। सारे बरतन बदलने पड़े। तब बाही मुदई के लिए मेरे साथ लड़ने आई हो?' सोमारी पैसे की बात सुनकर चुप्पी साध गई। बात बढ़ने पर उसे जुर्माना भरना पड़ सकता था। सिर्फ इतना बोली, 'पागल ही है। इलाज तो कराया। ठीक नहीं हुई तो मैं क्या कर सकती हूँ?'

मरियम लोग टोला भर में सबसे अमीर, खाते-पीते परिवार थे। सोमारी ने बुधन के मामले में चुप रहना ही बेहतर समझा; क्योंकि पंचायत बैठी और जुर्माना माँगा गया तो वह कहाँ से इतने पैसे देगी? कहीं भी हो, धनी आदमी की ही चलती है। सब उन्हीं का सम्मान करते हैं। लोग तो बल्कि धनी आदमी से डरते भी हैं। धनी आदमी को छेड़ना बिरनी के छत्ते को छेड़ने की तरह है। धनी आदमी का क्रोध खलिहान के आग की तरह होता है। जहाँ लगी, पूरा खलिहान जलकर राख हो जाता है। सोमारी इस दुनियादारी को समझ चुकी है, इसलिए डर गई। मन में सोचती रही, 'बाही तो बाही ही है। रसोई में घुस गई तो अपवित्र हो गया। लेकिन अच्छी होती तो बाही क्यों कहलाती? मैंने

तो उसे सिखाकर नहीं भेजा था। चारू जूठा होता है, इसे वह क्या समझती है?' वह सफाई देती फिरी कि 'वह तो पागल है। कब क्या करेगी, कौन जानता है! बुधन तो घर आई थी। खाकर लेटी थी। पता नहीं अब किधर गई है। भूखे-प्यासे इस जेठ में मर भी गई होगी।'

मरियम इस सफाई से और बौखला गई। उसने एक दिन रास्ते में रोककर सोमारी से कहा, 'तुम्हारी बहन को बड़ा बाघ घसीटकर ले गया।'

सोमारी, 'पहाड़ी की तरफ?'

मरियम, 'जंगल की तरफ जाकर ढूँढ़ो। ढूँढ़ने के बदले यहाँ पूछताछ कर रही है?'

टोहिला ने इन दोनों की बातें सुन ली। सोमारी से कहा, 'तुम घर जाओ। मैं पहाड़ी की तरफ ढूँढ़ने जाता हूँ'।

इधर बुधन दोपहर होने से पहले जगी। लेकिन उसकी हिम्मत नहीं हो रही थी कि बाहर निकले। निकलने की कोशिश करती, माँद के मुँह तक आकर झाँकती, गिरगिट, बकरी, कुत्ते आदि के चलने की आवाज सुनकर फिर छिप जाती है। दोपहर जरजर धूप हो गया। आदमी तो क्या पशु-पक्षी भी घरों में और पेड़ों के खोंढरों में घुस गए, तब गुफा से बाहर निकली। अंगड़ाई ली। वह बहुत भूखी थी। पहाड़ी के किनारे-किनारे बहुत से जामुन के पेड़ थे। बाही उधर ही गई। उसने कसैले-मीठे जामुन चखकर देखे। मीठे जामुन के पेड़ पर चढ़ गई और इतना खाई...इतना खाई कि मन और पेट दोनों भर गया। पेड़ से उतरकर डाड़ी गई। सखुआ पत्ती का लुंकी बनाकर पानी पीया। लुंकी को जैसे ही फेंका, बकरियों के दौड़ने-चलने की आवाज आई। बाही को लगा, लोगों ने उसे देख लिया है। वे उसी की ओर दौड़ते हुए आ रहे हैं। वे उसे पीटने आ रहे हैं। बाही 'चुंदी छूटत' भागी। सीधे उसी माँद में घुसकर रुकी। उसका दिल धड़क रहा था जोर-जोर से। पैर काँप रहे थे जमीन पर। घंटों लेटी रही। इसी में बाही को नींद भी आ गई। यही उसकी दिनचर्या बन गई। उसे आदमी से डर लग रहा था, जंगली जानवरों से नहीं। माँद उसके लिए सबसे सुरक्षित जगह थी। जंगल में घूमते वक्त जरा सी आहट पाकर

भी वह पेड़ से चिपक जाती या चट्टान की आड़ में छिप जाती। पर गाँव के लोग क्या उसकी तलाश में थे?

टोहिला गाँव-गाँव, टोला-टोला बुधन को ढूँढ़ता फिरा, पर वह कहीं नहीं मिली। टोहिला के प्रयास और बहन-प्रेम को देख लोगों ने कहना शुरू किया, 'अलबत टोहिला है। बड़े लोग छोटों को इसी तरह सुरक्षा देते हैं। यह सुरक्षा कर्तव्य से ज्यादा स्नेह के कारण देते हैं।' परेशान टोहिला चावल की पोटली बाँधकर बुधन को ढूँढ़ने निकला। लोग कहते, 'अलबत दादा है। धूप को धूप नहीं, प्यास को प्यास नहीं समझकर बाही को ढूँढ़ रहा है। कोई और होता तो पगली बहन के लिए इतना दुःखी, इतना परेशान नहीं होता।'

बाघ भालू से सभी डरते हैं। वे काटें या न काटें, देखकर ही दिल दहल जाता है। उनका गर्जन सुनकर तो आदमी की हवा निकल जाती है। बाढ़ आती है, उस समय किनारों को धँसाती, ढकती, उछाल मारती नदी किसी को नहीं पहचानती है। लेकिन आदमी क्रोध में भी मीठी बातें बोलता है। मीठी बातों में ऐसा उलझाता है कि दोनों कंधे-से-कंधे मिलाकर चलते नजर आते हैं। कब कोई पैरों से उलझाकर गिरा देगा, इसे जाना नहीं जा सकता है। आदमी छली होता है। बुधन मरियम के डर से भागी थी; क्योंकि मरियम ने लकड़ी फेंककर मारने की कोशिश की थी। उस पर पत्थर भी फेंके थे। सो डर नस-नस में समा गया था। अब बुधन लोगों के बीच में आने से डर रही है। बाघ-भालू से ज्यादा डरावना आदमी है। नहीं तो बुधन घर छोड़कर क्यों माँद में रहने जाती? जामुन खाकर और डाड़ी का पानी पीकर बुधन माँद में चार दिन रही।

धीरे-धीरे गाँव में उल्टी बयार बहने लगी। लोग कहने लगे, 'मरियम ने ही बाही को पीटकर भगाया है। वह तो हाथ नहीं लगी, नहीं तो मारपीट कर बुरा हाल कर देती। मरियम के डर से ही वह भागी है। पता नहीं बाघ ने खाया, ओड़का ने पूज दिया या कुएँ में गिरकर मर गई। आखिर पागल को पीटकर मरियम कौन सा यश पाती? मिरगी तो था ही, आग-पानी किसी का भी खतरा था।' लोग बाही के लिए अफसोस जताने लगे।

सोमारी के दुःख का पार नहीं था। अगर बाही को अक्ल होती तो वह

वैसा काम क्यों करती? दो दिनों तक मरियम चुप रही। तीसरे दिन वह भी ढूँढ़ने निकली। शाम को खाली हाथ लौटी। चौथे दिन मरियम अपनी दोस्तों के साथ बाही को ढूँढ़ने निकली। वे प्यास के कारण डाड़ी भी गईं। वहाँ सूखे लुंकी देखकर एक-दो ने कहा, 'लुंकी है, बाही ही पानी पीने आती होगी।' लेकिन ज्यादा ने कहा, 'चरवाहा लोग पीते होंगे।' वे आवाज देने लगीं, 'आ री बाही, जामुन खाने आओ।' लेकिन उनकी आवाज प्रतिध्वनित होकर उन्हीं के पास लौट आई। चूँ-चाँ तक नहीं हुआ। बुधन नहीं मिली—कहकर वे वापस लौट गईं। टोहिला भी निराश होकर लौटा।

पाँचवें दिन सोमारी और टोहिला टोंगरी की तरफ गए। दोपहर हो चुकी थी। इधर बुधन भी आदमी की आवाज न सुनाई देने पर जामुन खाने निकली। वह चट्टान की दरार में छिपकर देख रही थी। कई दिनों से बाल नहीं झाड़ने के कारण किसी पौधे की जड़ों की तरह उसके बाल बिखरे थे धै-धै। टोहिला की नजर उस पर पड़ी। पहले तो टोहिला ने सोचा, बाँस की सूखी जड़ है। लेकिन नजदीक जाने पर लगा कि आदमी का सिर काटकर रख दिया गया है। उसने सोमारी को बुलाकर दिखाया। वे दोनों डरकर पीछे भागने को तैयार हो गए। लेकिन 'चलो देख आते हैं'—कहकर फिर उधर जाने लगे। उस समय बाही की पीठ इनके तरफ थी। ये दोनों दबे पाँव उसके पास जाने लगे। मन में कितने विचार आ-जा रहे थे। 'कटा सिर होगा तो आँखें निकली होंगी। दाँत कीच लिया होगा।' वीभत्स चेहरे की कल्पना कर दोनों का मुख कसैला हो रहा था। अचानक बाही को भी लगा कि आसपास कुछ है। उसने पलटकर देखा। डर से उसकी आँखें खुली-की-खुली रह गईं। पास में एकाएक आदमी देखकर वह काँपने लगी। सिर हिलने लगा, दाँत लग गया। उसका भयानक चेहरा देख टोहिला और सोमारी ने बाही को पहचाना नहीं। लेकिन बाही ने दोनों भाई-बहन को पहचान लिया। ठहाका मारकर हँसने लगी। तब दोनों ने बाही को पहचाना और दोनों हँसने लगे। सोमारी बोली, 'मायगुलिया बाही कहीं की! चलो घर। हम लोगों को भी पागल बना दिया तुमने!'

□

से महुआ गिरे सगर राति

फागुन और चैत महुआ गिरने का समय था। पूरा जंगल महुए के मधुगंध से भर उठा था। रेंगारी से जोसेफा को राँची पढ़ने के लिए जाना था। पास्का के लिए घर तो आ गई थी, लेकिन अब उसे वापस जाना बड़ा अखर रहा था। रेंगारी से सिमडेगा उसे पैदल आना पड़ता था। तिर्रा दरबार और समरसिंघा झरिया के जंगलों को लाँघकर जाना पड़ता था। दस बजे खा-पीकर निकलते तो शाम पाँच-छह बजे तक सिमडेगा पहुँचते थे। किसी-किसी के बरामदे में रात बिताकर सबेरे पाँच बजे भारत मोटर से राँची आते थे।

जोसफा पिछले तीन वर्षों से राँची आ रही है। इस बार वह ग्यारहवीं में है। अगले वर्ष मैट्रिक की परीक्षा देगी और उसकी पढ़ाई समाप्त हो जाएगी। वह कोई-सी ट्रेनिंग लेने के लिए कहीं और चली जाएगी। उन दिनों हाई स्कूल की पढ़ाई करने के लिए राँची ही आना पड़ता था। गरमी की छुट्टी के बाद राँची लौटना सबसे कठिन था। बसें बरसात भर के लिए बंद हो जाती थीं। इस क्षेत्र के सारे लड़के-लड़कियाँ एक साथ मिलकर पैदल रास्ता चलते थे। इसलिए आपस में उनकी मित्रता भी हो जाती थी। जब परिचित हो जाते तो एक-दूसरे के घर भी आना-जाना करते थे।

जोसफा के साथ फूलमणि, मरियम, दुलारी, जोसेफा नं. दो, अन्ना आदि भी पढ़ती हैं, लेकिन जोसफा इन सबमें सीनियर है। पिछले वर्ष गरमियों के बाद, जब राँची लौट रही थी, तब कोइल नदी में बाढ़ आ गई थी। सड़क कच्ची थी। नदी पर पुल नहीं था। बस कोनबीर में रुक गई। लड़कियों को

भी रुक जाना पड़ा। वे सब फादर के बँगला में रुक गईं। खाना भी मिला और सोने के लिए जगह भी मिली। बाकी यात्रा किसी-किसी के घर चले गए। वहीं ताने यानी तानिस भी लड़कियों को मिला। वह राँची के कॉलेज में पढ़ता था। जोसफा की तरफ के प्रकाश, जोहन, आह्लाद, जीवन आदि तानिस के साथ पढ़ते थे। इसलिए जोसफा से वह परिचित था। उस रात भयंकर बारिश हुई। कोइल नदी का पानी सबको 'ओरे आव' कहने लगा। कितनी बार लोग नदी तक गए और लौटे। दिन भर तेज बारिश हुई। बाढ़ में कौन नाविक नाव खेता? बाढ़ का पानी पहाड़ की तरह उतरता। बड़ी-बड़ी लकड़ियों के लट्ठे बहकर आ रहे थे। मछलियाँ खेतों में चढ़ती हुई आ गई थीं। लेकिन इस घनघोर वर्षा में घर से इक्के-दुक्के लोग ही निकल रहे थे। लड़कियाँ बीच रास्ता कोनबीर में अटक गई थीं। सबके चेहरे उदास थे। पता नहीं कल बाढ़ उतरे या नहीं! नाव चले या नहीं! फिर उनके पास चावल तो है नहीं कि पकाकर खाएँ। 10-12 लड़कियों को कोई कब तक खिलाएगा? वे जानती भी नहीं हैं कि किसके यहाँ चावल मिलेगा। लेकिन उस जमाने में सचमुच लोग अतिथि सेवा को अपना अहोभाग्य समझते थे।

तानिस ने मौसम की निर्ममता को देखा। नदी किनारे का आदमी था। उसने नदी का भयावह रूप देखा था। रात उसने अपने घर काटी। सुबह एक कपड़े में कुछ चावल लेकर लड़कियों के पास वह आ गया। चावल के साथ चार-पाँच प्याज और नमक था। दोपहर तक भूखी बैठी लड़कियों की जान में जान आई। उन्होंने नमक और प्याज से भात खाया। बातचीत के क्रम में तानिस ने बताया कि कल बारिश रुक जाए तो शाम तक उस पार के लिए गाड़ी आ जाएगी। 'कल मैं भी जाऊँगा। ड्राइवर और टिकट कटवा को एक मुरगा दूँगा। मुरगा और गोलङ बड़े काम की चीज होती है। कम-से-कम हम लोगों को सीट मिल जाएगी।'

बाढ़ बहुत कुछ बहाकर ले जाती है और बहुत कुछ बहाकर दे भी आती है। इसीलिए नदी किनारे के लोग रबी की अच्छी फसल उगा लेते हैं। कारण जब बाढ़ आती है तो अपने साथ पाक मिट्टी लाती है और खेतों में फैला

देती है। इससे खेत उपजाऊ हो जाते हैं। इस बाढ़ ने जोसफा और तानिस को और निकट ला दिया। दूसरे दिन सचमुच वर्षा रुक गई। दोपहर होते-होते बाढ़ रुक गई और नदी में डोंगाइत ने डोंगा उतार दिया। जल्दी-जल्दी सवारियाँ नदी पार उतर गईं। उस पार की भारत मोटर आ गई थी। तानिस की व्यवस्था के कारण लड़कियों को सीट मिल गई। बस चली हिचकोले खाते, लेकिन अँधेरा होने से पहले राँची बस स्टैंड पहुँच गई।

राँची में लड़कियों की भेंट तानिस से होती थी। धीरे-धीरे जोसफा और तानिस की मित्रता घनिष्टता में बदल गई। प्रेम ऊर्जा है। जब दोनों को अहसास हो गया कि उनका भविष्य एक होने जा रहा है तो दोनों ने मिल-बैठकर सपने बुने। जोसफा ने तय कर लिया कि वह नर्स बनेगी, इसलिए वह दिल्ली जाएगी। तानिस ने शिक्षक बनना तय किया, क्योंकि उन दिनों शिक्षक का समाज में बहुत सम्मान था।

पास्का की छुट्टियों में मदर ने ग्यारहवीं में पढ़नेवाली लड़कियों को अपने-अपने घर भेजा। लड़कियों को बताया गया कि गरमी की छुट्टियों में उनकी गणित और अंग्रेजी विषय की विशेष कक्षाएँ चलेंगी। अगस्त में प्री-टेस्ट और नवंबर में टेस्ट होगा। फरवरी में फाइनल रहेगा। अभी छुट्टी दी जा रही है, ताकि वे अपने-अपने अभिभावकों को अच्छी तरह समझा दें कि उन्हें अब फिर घर जाने के लिए छुट्टी नहीं मिलेगी। इसी छुट्टी में जोसफा घर आई। साथ में तानिस भी चला आया। तानिस जोसफा के घर सीधे नहीं गया। मुड़ल टोली में अपने रिश्तेदार के घर उतरा। लेकिन दूसरे दिन जोसफा के माता-पिता से मिलने गया।

ईस्टर की रात लोग चर्चों और कब्रिस्तान में व्यस्त थे। लेकिन महुआ गिरने का समय था। इसलिए हरेक घर से कोई-न-कोई महुआ अगोरने अवश्य गया था। जोसफा गाँव की सहेलियों के साथ महुआ अगोरने गई तो तानिस भी साथ हो लिया। सारी रात महुआ टपकता रहा। कोई पेड़ बाकी नहीं था। महुआ के सफेद फूल संगमरमर की तराशी गोलियों की तरह चमक रहे थे। लेकिन यहाँ गलती हो रही है। संगमरमर की गोलियाँ तो कठोर होती हैं।

उनमें सुगंध भी नहीं होती। महुआ के फूल और उसकी रसीली महक सबको अपने मोहपाश में जकड़े थी। जंगल के गुलैंची, फरसा और गलपुली की मीठी गंध अलग से तंद्रा ला रही थी। पूर्णिमा की इस रात आसमान के तारे फीके लग रहे थे। पर चंद्रमा की दूधिया रोशनी में पूरा जग नहा रहा था। तानिस और जोसफा के अंदर भी प्रेमाग्नि धधक रही थी। सहेलियों की उपस्थिति के कारण वह अग्नि वश में थी।

सुबह महुआ चुनकर घर आने तक उजाला हो गया था। औपचारिकता निभाने के बाद तानिस अपने रिश्तेदार परचार के यहाँ चला गया। सूखा दिन था। दूसरे दिन बस रेंगारी गई। वहीं बस पर बैठकर जोसफा और तानिस राँची आ गए। दोनों अपनी पढ़ाई में मग्न हो गए। अगले वर्ष परीक्षा दी और जोसफा ने द्वितीय श्रेणी में सफलता पाई। अपनी इच्छा के अनुसार वह नर्स बनने चली गई।

दो वर्ष पंख लगाकर उड़ गए। तानिस को सरकारी स्कूल में गणित-अध्यापक की पक्की नौकरी मिल गई। उसके परिवार के लोग गर्व का अनुभव करने लगे। उसके विवाह की चिंता माता-पिता को हुई। अनपढ़ माता-पिता ने शिक्षित पुत्र के लिए कन्या ढूँढ़ना आरंभ किया। जब तानिस से पूछा गया, तब उसने जोसफा के बारे में बता दिया।

'जोसफा कितना पढ़ी-लिखी है?' उसकी ममेरी बहन ने पूछा।

तानिस, 'सेकेंड डिवीजन से मैट्रिक पास है।'

बहन, 'क्या करती है?'

तानिस, 'नर्स ट्रेनिंग ले रही है दिल्ली में।'

बहन, 'नर्स ट्रेनिग? छी-छी ऐसी लड़की को तुमने पसंद किया है? दुनिया जल गई है तुम्हारे लिए? नहीं, इस घर में नर्स नहीं आएगी। कितना गंदा काम है नर्स का।'

तानिस, 'दीदी, लेकिन हम दोनों एक-दूसरे को पसंद करते हैं। वह भी मेरे आसरे में है।'

बहन, 'नर्सें बहुत बुरी होती हैं। सब तरह के मर्दों से बात करती हैं।'

तानिस, 'बीमारों की सेवा करती है। जोसफा बुरी नहीं है। मैं पिछले पाँच वर्षों से उसे देख रहा हूँ। उसके घर के लोग भी मुझे देख चुके हैं।'

बहन, 'तो तुम नर्स से शादी करोगे? करो शादी उसी से! मैं तुम्हारी शादी के नाम पर कच्चा पानी तक नहीं पीऊँगी।' इतना कहकर बहन बाहर निकल गई। तानिस विकट परिस्थिति में फँस गया 'इतने दिनों तक बहन ने भाई को मनाकर उसके पढ़ने-लिखने में मदद की, यह क्या कम है? सिर्फ जोसफा के पेशे को लेकर दीदी ने इतना विरोध किया?

एक वर्ष बिता दिए तानिस ने निर्णय लेने में। आखिर उसने निर्णय लिया, 'दीदी के ऋण से दबा हुआ हूँ। उसने मुझे आदमी बनाया। मुझे उसकी बात मान लेनी चाहिए। माता-पिता दीदी की सेवा से दबे हैं। आखिर दीदी भी मेरा अहित क्यों चाहेगी? उसने दीदी से कहा, 'मैं तुम्हारी पसंद की लड़की से ही शादी करूँगा। मैं परिवार के विरुद्ध नहीं जा सकता।'

तानिस ने जोसफा से धीरे-धीरे पत्राचार कम कर दिया। पत्र में औपचारिक बातें होती थीं। उसमें समयाभाव का बहाना होता था। जोसफा को अहसास हो गया कि बात कहीं अटक रही है। उसने पत्राचार बंद कर दिया। तानिस को इससे राहत मिली। लेकिन उसकी व्याकुलता बढ़ गई। आखिर उसने तय किया कि जाकर जोसफा के माँ-बाप से मिले।

मई के महीने में तानिस रेंगारी गया। शाम को सारे गाँव के लोग अपने खेतों में खाद डाल रहे थे। जोसफा की लगनेवाली बहनों ने ठिठोली की। तानिस ने उन्हें कहा, 'काम खत्म कर लो, फिर साथ घर जाएँगे। तब तक मैं यहीं घूमता हूँ, यह कहकर वह उन्हीं महुए के पेड़ों के बीच गया, जहाँ कभी उसने भविष्य के सपने बुने थे। तब की रात उजास भरी थी। फूलों की सुगंध से वह रात बौरा गई थी। लेकिन वे होश में थे। वही भविष्य आज उनके सुनहरे सपनों को रौंद गया। तब महुए के खोंच में सफेद रसभरे फूल थे। फूल टपक रहे थे। टप-टप! आज न फूल हैं, न सुगंध। पेड़ों में फल भी नहीं हैं। फूल-फल विहीन पेड़ों पर चीटियाँ रेंग रही हैं। मेरा और जोसफा का साथ भी आज खत्म हो गया। उस पर चींटियाँ ही तो रेंग रही हैं। इतना अल्पायु होता है प्रेम?

शाम को जोसफा के घर उसकी बहनों के साथ आ गया। रात्रि भोजन के बाद आँगन में तानिस के लिए चारपाई बिछा दी गई। पूर्णिमा की रात थी। सारी रात करवटें बदलता रहा तानिस। किस तरह वह अपनी बात इन लोगों के सामने रखे! इसे तय नहीं कर पा रहा था। तभी उसने आसमान में चंद्रमा को देखा। उसे धीरे-धीरे राहु ग्रस रहा था। तानिस का दिल भर आया। वह उठकर बैठ गया, फिर धीमे स्वर में गा उठा—

"चाँद जे उगी गेल तिले-तिल, तिले-तिले··· हो होरे चंदा मोर, गहन लागी गेलयं।"

गीत समाप्त होते ही वह फूट-फूटकर रोने लगा। उसका रोना सुनकर घर के सारे लोग उठ आए। तानिस को उन्होंने घेर लिया। वे तानिस से पूछताछ करने लगे। परंतु उसने कुछ उत्तर नहीं दिया। स्वयं ही धीरे-धीरे शांत हो गया। फिर एक गिलास पानी माँगा, पीया और बिस्तर से उठा। उसने किसी से आँखें मिलाए बिना कहा, 'जा रहा हूँ', और घर से धीरे-धीरे बाहर आ गया। वह कभी नहीं लौटने के लिए चला गया।

जोसफा ने अपना प्रशिक्षण पूरा किया। दिल्ली में एक बड़े अस्पताल में नौकरी लग गई। वह अपने गाँव रेंगारी नहीं लौटी। हरियाणा में जमीन लेकर बस गई। अपनी बहनों किपु, कारा आदि को बुलाकर अपने पैरों पर खड़ा किया। कोई नर्स बनी, कोई शिक्षिका, कोई क्लर्क। उसने विवाह नहीं किया। उसकी बहनों ने अपनी इच्छानुसार घर बसाया। तानिस और अपने संबंधों के बारे में उसने एक शब्द भी नहीं कहा। उसके मौन निश्चय और काम से उसके निर्णय का पता चल गया।

तानिस अपराधबोध, अतृप्त आकांक्षाओं और घोर निराशा में डूब गया। उसने इन सबसे मुक्ति के लिए शराब में अपने को डुबा दिया। उसकी सारी योग्यताएँ नष्ट हो गईं और एक दिन वह गुमनाम मर गया। जोसफा आज भी है। उसका दरवाजा सब लड़कियों के लिए खुला है, जो अपने पैरों पर खड़ी होने का हौसला लेकर पहुँचती हैं।

□

लत जो छूट गई

प्रमोदिनी और शांति बड़ी खिलंदड़ी हैं। पता नहीं किस मुहूर्त में पैदा हुई हैं! जब देखो, तब कुछ न कुछ खुराफात करती रहती हैं। स्कूल की शिक्षिकाएँ कहतीं, 'प्रमोदिनी तो आमोद-प्रमोद में डूबी रहती है। जैसा नाम वैसा गुण है। लेकिन तुम शांति, तुम क्यों इस तरह हो? तुम्हारा नाम तो शांति है। शांत रहो और पढ़ो-लिखो।' लेकिन शांति को नहीं बदलना था, सो नहीं बदली।

शांति नवीं कक्षा में थी। एक दिन की बात है, वह सबेरे अपने पिताजी के साथ अपने बाड़ी में सब्जियाँ तोड़ रही थी। यही कोई नौ बजे का समय रहा होगा। उधर से उसकी शिक्षिका गुजर रही थी। शांति ने उन्हें देखा तो प्रणाम की और बोली, 'जी, सब्जी लेते जाइए।' उसके पिता ने भी हाँ में हाँ मिलाई। शांति के पिता के आग्रह को शिक्षिका टाल न सकी। वह वापस शांति के घर के बरामदे पर आ गई। शांति की माँ ने शिक्षिका को बैठाया। शांति और उसके पिता ने सब्जियाँ तोड़ीं। शांति ने एक झोले में आलू, करेला, टमाटर और हरे-हरे साग डालकर शिक्षिका की बगल में रख दिया। फिर 'चाय लाती हूँ,' कहकर अंदर चली गई। उसकी माँ चाय बना रही थी। शांति ने माँ को बाहर बैठने के लिए भेजा और स्वयं चाय लेकर आई। तीनों चाय पीने लगे। शिक्षिका ने एक ही घूँट पीकर बुरा सा मुँह बनाया और कप नीचे रख दिया। शांति के पिता ने शिक्षिका को देखा और पूछा, 'क्या हुआ?' शिक्षिका कुछ बोलती, उससे पहले ही शांति ने ताली बजाकर कह दिया, 'अप्रैल फूल।'

शिक्षिका क्या करती? मुँह की कड़वाहट मुँह में ही रह गई। एक अप्रैल का दिन और झोलाभर सब्जी। शांति के पिता ने ही कहा, 'बदमाश कहीं की! टीचर से भी नहीं डरती हैं?'

गरमी का दिन था। प्रमोदिनी और शांति दोनों दोपहर में नदी-स्नान के लिए गईं। वहाँ गाँव के लोगों ने नदी को बाँध रखा था, ताकि पानी जमा रहे। नहाने, कपड़ा साफ करने, मवेशियों के पीने और नहलाने के लिए भी काफी पानी होता था। साथ में छोटी मछलियाँ भी खूब होती थीं। द्रोनों लड़कियों ने गाँव की लड़कियों के साथ मिलकर छोटी-छोटी मछलियाँ पकड़ीं। जब गाँव की लड़कियाँ अपने-अपने हिस्से की मछलियाँ लेकर जाने लगीं तो इन लोगों ने मना किया। कहा, 'यहीं पर पकाते हैं। आज मछली भोज करेंगे।' उन्होंने लड़कियों से बरतन, तेल, हल्दी, नमक और लकड़ी लाने को कहा। लड़कियाँ आनाकानी करने लगीं। लड़कियों का तर्क था, 'तेल चुराकर लाना पड़ेगा। पकड़े जाने पर डाँट मिलेगी। इसलिए पत्ती में नमक, हल्दी डालकर आग में 'तोप' कर पकाते हैं।' लेकिन प्रमोदिनी और शांति ने जिद की कि मसालेदार मछली ही बनेगी। खैर, मछली बनी। दोनों ने बँटवारा किया। 'हम दोनों ने अपनी बुद्धि से पकाया है'—कहकर बाँटने लगीं। तभी जिसके घर से तेल आया था, उसकी माँ चिल्लाते-डाँटते आने लगी। हुआ क्या था कि कटोरी में तेल डालते वक्त उस लड़की ने काफी तेल जमीन पर गिरा दिया था। बाकी लड़कियाँ मछली छोड़कर भाग गईं। तब दोनों ने मछलियाँ लीं और घर चलती बनीं। माँ बेचारी खाली बरतन लेकर घर गई। तीन दिनों के बाद जब वे फिर लड़कियों से मिलीं तो खूब हँसी। पेट पकड़-पकड़कर हँसी।

दो वर्षों के बाद ये शहर के कॉलेज में पहुँच गईं। दोनों की जोड़ी वहाँ भी बनी रही। वहाँ वे अधिक शैतानी करने लगीं। बुरी आदतें जल्दी नहीं छूटतीं। वहाँ अपनी एक सीनियर के बारे में इन्हें पता चला। सीनियर गंभीर भी थी और खूबसूरत भी। वह एक नए रंगरूट अफसर को भा गई थी। इन दोनों ने उस रंगरूट को 'अप्रैल फूल' बनाना तय किया। बड़ी जोड़-तोड़ के बाद सीनियर का फोटो कहीं से जुटाया। एक छोटा सा प्रेमपत्र बनाया,

जिसका स्वर था कि 'मुझे पता चला है कि आप मुझे मिलना चाहते हैं। किंतु मैं अकेली नहीं, दोस्तों के साथ रहूँगी। आप स्थान और तिथि तय करें।' प्रमोदिनी और शांति ने पत्र डाल दिया। ठीक एक अप्रैल को वह पत्र मिला। बेचारा रंगरूट गच्चा खा गया। उसने अपनी प्रेमिका की हस्तलिपि देखी नहीं थी। उस रंगरूट ने बहुत जल्दी पत्र का उत्तर दिया। पत्र क्या था—एक पुरजा था, जिसमें लिखा था—

'तसवीर तेरी दिल मेरा
बहला न सकेगी।
सीने से लगा लूँगा,
तो वो खामोश रहेगी।'

उसके नीचे लिखा था—'20-4-60-11 बजे स्वीट पैलेस।'

प्रमोदिनी और शांति ने पत्र तो भेज दिया था, लेकिन उनका चैन समाप्त हो गया। बेचैनी इतनी बढ़ गई कि क्या कहें! अगर रंगरूट ने चिट्ठी भेज दी और हॉस्टल की वॉर्डन के हाथ चिट्ठी पड़ गई तो बेकार सीनियर बुरी बन जाएगी। ये दोनों चिट्ठी की टोह में रहने लगीं। पोस्टमैन के आने तक ये छात्रावास में रुकी रहतीं। वे ही पोस्टमैन से पत्र लेतीं। इसलिए रंगरूट का पत्र प्रमोदिनी और शांति के हाथ लग गया। इनकी जान में जान आई। लेकिन इतनी बेचैनी में दिन काटने के बाद भी इनकी आदत नहीं सुधरी।

20 अप्रैल का स्वीट पैलेस। प्रमोदिनी और शांति ने दो दोस्तों को पटाया। ग्यारह बजे से पहले होटल पहुँची। वहाँ होटल वाले को समोसे का ऑर्डर दिया। समोसे का प्लेट उनके टेबल पर पहुँचे, उससे पहले रंगरूट पहुँच गया। वह एक टेबल पर आकर बैठ गया। प्रमोदिनी और शांति को जानता था कि दोनों लड़कियाँ उसी छात्रावास में रहती हैं, जहाँ उनकी भावी जीवन-साथी रहती है। समय काटना था, लेकिन वह एकांत चाहता था। इन लड़कियों को भी समय काटना था। शांति ने जबरदस्ती, 'प्रणाम सर' कहा। इसके बाद हरेक ने उन्हें प्रणाम किया। बड़े बेमन से रंगरूट ने प्रणाम स्वीकार किया। उसने कहा, 'क्लास छोड़कर होटलबाजी करती हो?' 'होटलबाजी'

सुनकर चारों लड़कियों को बड़ा बुरा लगा। डेस्कॉलर लड़की ने कहा, 'हमारा एकस्ट्रा क्लास सुबह सात बजे से चल रहा है। घर से बिना खाए आते हैं। अभी नाश्ता कर रहे हैं।' रंगरूट ने कहा, 'ओह' और चुप्पी लगा गया। चट शांति ने कहा—'आप क्यों आए हैं सर? आज क्या छुट्टी है?' शांति के इस प्रश्न से रंगरूट गड़बड़ा गया। बोला, 'नहीं, इधर काम से आया था, सो चाय पीने बैठ गया।'

'क्या काम था सर?' प्रमोदिनी ने कहा।

'मेरी माँ बीमार है। अस्पताल में भरती है। उन्हें देखने आया था।'

'माँ!' प्रमोदिनी और शांति ने गमगीन चेहरा बनाया और बोल उठीं, 'हम भी उनसे मिलने अस्पताल जाएँगी', बेचारा रंगरूट बुरा फँसा। उसकी बातचीत चल रही थी। साथ में नाश्ता भी चल रहा था। इस बीच बहुत से लोग होटल आए और चले गए। रंगरूट अफसर इनसे बातें कर रहा था, लेकिन उसका ध्यान होटल के मुख्य द्वार की तरफ था। आखिर प्रमोदिनी पूछ बैठी, 'कोई आनेवाला है सर?' अफसर ने कहा, 'हाँ, मैं किसी से मिलने आया हूँ।'

'ठीक है सर! हम लोग जा रहे हैं, आप बैठिए।'

लड़कियाँ उठीं। पैसे भुगतान करने का नाटक किया। लेकिन रंगरूट ने शिष्टाचारवश उन्हें मना कर दिया। लड़कियाँ कॉलेज की ओर मुड़ गईं। रंगरूट ने राहत की साँस ली। लड़कियों ने भी राहत की साँस ली और खिलखिला उठीं। 'बेचारा रंगरूट!', शांति ने कहा। 'ट्रेनिंग यहाँ से दूसरी जगह चली जाएगी तो यह भी सबकुछ भूल जाएगा।' प्रमोदिनी ने कहा।

लत बहुत बुरी होती है। सह शिक्षा में पढ़नेवाली लड़कियों को अब दूसरों की चिट्ठी पढ़ने का शौक चढ़ा। राँची विश्वविद्यालय जब बना तो कई नए कॉलेज खुले। इन कॉलेजों का अपना भवन नहीं था। स्कूल भवनों में कॉलेज चलता था, इसलिए सारे नए कॉलेज प्रात:कालीन थे। इसका सबसे बड़ा लाभ बाबुओं को मिला। मैट्रिक पास बाबू कॉलेज में पढ़ने लगे थे। उनकी पत्नियाँ कॉलेज के पते पर चिट्ठियाँ लिखती थीं। पत्नी को कॉलेज के पते पर पत्र लिखने से गर्व होता था कि उसके पति कॉलेज में पढ़ते हैं। पति

को गर्व होता था कि पत्नी पत्र लिख सकती है। ये सारे बाबू 'गंगा का मैदानी इलाका' से थे। डाकिया चिट्ठियों को नोटिस बोर्ड में लगाकर चला जाता था। यानी पत्र दूसरे दिन पानेवाले को मिलता था।

शांति और प्रमोदिनी ने नोटिस बोर्ड को अपना निशाना बनाया। लिफाफा मोटा हो, असुंदर अक्षरों में पता लिखा हो और पता किसी बाबू का हो तो वे समझ जाती थीं कि बाबू की घरवाली ने पत्र लिखा है। लिफाफा खोलकर ये दोनों लड़कियाँ खूब मजा लेतीं। प्राणनाथ का संबोधन और अंत उन्हें हँसाता था।

ऐसा ही एक लिफाफा उनके हाथ लगा। पत्र में संबोधन था—'प्राणनाथ!' अंत था, 'आप के चरणों की दासी!' ये सारी बातें सामान्य थीं। जो विशेष था, वह है—अंत में फूल सहित एक डाली बनी थी और लिखा था 'फुल गमकना।' खूब हँसी आई। दोनों लड़कियाँ बे बात की बात बनाने लगीं। 'फुल गमकना' कहतीं और हँसतीं। एक सप्ताह तक तो छात्रावास से जल्दी कॉलेज जातीं और ब्लैक बोर्ड में 'फुल गमकना' लिख देतीं। कोई आकर 'फुल' को फूल लिखकर सुधार देता।

दूसरे सप्ताह के सोमवार को दोनों लड़कियों ने पत्र तह किया और लिफाफे में डालकर बंद कर दिया। कई पत्रों के लिफाफे फट जाते थे तो पत्र भी फाड़कर फेंक दिए जाते थे। संयोग से यह लिफाफा सही सलामत था। दोनों ने लिफाफे को नोटिस बोर्ड में लगा दिया।

कॉलेज का समय हुआ। रामाश्रय सिंह आए। नोटिस बोर्ड को देखा। उनका पत्र था। खोलकर पत्र पढ़ा। पढ़ते ही समझ गए कि उन्हीं के पत्र का अबतक मजाक उड़ाया जा रहा था। लड़कियों के कॉमन रूम के पास जाकर इतनी गालियाँ...इतनी गालियाँ सुनाईं कि पूरा कॉलेज स्टाफ वहाँ पहुँच गया। प्राध्यापकों की गरदन नीची हो गई। आखिर बड़ा बाबू और उनके सहयोगियों ने मिलकर माफी माँगी और रामाश्रय सिंह को वहाँ से हटाया। लड़कियों का कॉमन रूम थोड़ी देर तक तो स्तब्ध और शांत था। लेकिन रामाश्रय सिंह के हटाए जाने के साथ ही अंदर घमासान युद्ध हुआ। फिर शांत हो गया। थोड़ी

देर के बाद पूरा कॉमन रूम खाली हो गया।

शांति और प्रमोदिनी का सारा खिलंदड़ापन कुछ समय के लिए रुक गया। वे अपना बचाव न कर सकीं। इतना जरूर कहा, 'बापरे बाप, ऐसी गालियाँ भी लोग बकते हैं—आज जाना।' दोनों सप्ताह भर कॉलेज नहीं गईं।

इतिहास में कभी पढ़ाया जाता था कि गंगा-यमुना के मैदानी इलाके में कई संस्कृतियाँ समृद्ध हुईं। नगर बसे और दूसरे क्षेत्रों में यहाँ की सभ्यता को फैलाया गया। शांति और प्रमोदिनी के सामने इन विकसित संस्कृतियों और सभ्यताओं को समझने के लिए बहुत सारे प्रश्न खड़े हो गए।

लेकिन शांति और प्रमोदिनी को चेत नहीं चढ़ा। अब उनका ध्यान छात्रावास में लगा। लड़कियों का पत्र आता था। वॉर्डन उन्हें चेक करती, तब देती थीं। कॉलेज की लड़कियाँ और प्रेम-पत्र न आए, यह हो नहीं सकता है। वॉर्डन प्रेम-पत्र पढ़कर लड़कियों को डाँट पिलाती, लेकिन उन पत्रों को फाड़ती नहीं थी। जब दोनों लड़कियों को पता चला कि वॉर्डन प्रेम-पत्रों को फाड़ती नहीं है तो उन पत्रों को पाने की जुगत भिड़ाने लगीं। आखिर मौका मिल ही गया। सप्ताहांत में वॉर्डन अपने घर चली जाती थी। शांति और प्रमोदिनी झाड़न लगाने के बहाने वॉर्डन के कमरे में पत्र ढूँढ़ने लगीं। पत्र मिले भी। सारे पत्रों में एक ही बात लिखी होती। किसी में लिखा होता—

'लिखता हूँ जिगर खून से
स्याही न समझना
मरता हूँ तेरे इश्क पे
मजनूँ न समझना।'

किसी में लिखा होता, 'जाएँ तो जाएँ कहाँ, समझेगा कौन यहाँ।' हर पत्र में तड़प और झूठे वादे। पढ़ते-पढ़ते दोनों का मन ऊब गया। आखिर दोनों ने पत्र चुराकर पढ़ना बंद कर दिया।

उनका खिलंदड़ापन भी खत्म हो गया।

□

मैना

कबुराडीह का ढोम्बे जब संख-पार बइलसेरा गाँव लाँघ रहा था, तब रूपु भी उनके साथ जाने को तैयार हो गया। उसने ढोम्बे से कहा, 'मैं भी बइलसेरा जाऊँगा। वहाँ भी तो तुम्हें चरवाहे की जरूरत पड़ेगी भतीजा। तो मैं ही क्यों न सँभाल लूँ?' रूपु की बात सुनकर ढोम्बे को हँसी आ गई। असल में रूपु ने तर्क ही ऐसा दिया था कि किसी को भी हँसी आ जाती। रूपु ने गाँव की नातेदारी के आधार पर अपने बइलसेरा जाने के दावे को मजबूत करने की कोशिश की थी। अन्यथा कहाँ बाल-बच्चेदार अधेड़ आदमी ढोम्बे का भतीजा होना और सत्रह-अठारह वर्ष के युवक रूपु का चाचा होना। गाँवों में ऐसी रिश्तेदारी खूब निभाई जाती है। यह 'बड़ा-बड़ी' की नातेदारी गाँव में मर्यादा बनाए रखती है।

ढोम्बे ने कहा, 'मैं तुम्हें ले जाता हो काका। लेकिन तुम्हारी माँ से बात नहीं हो सकी है। बिना बात किए कैसे तुम्हें ले जा सकता हूँ?'

रूपु, 'ठीक है। अभी तो माघ पूरने में दो महीना बाकी है। मुझे यहीं धँगराई नापोगे तो ढोने में सहज होगा। वैसे मुझे चरवाही का काम अच्छा लगता है। पर चलो ठीक है। यहीं का घर पहरा करूँगा।'

ढोम्बे, 'कबुराडीह में ही रहो। यहीं का धान समेटो। काटने-मीसने का काम तो है ही। मैं वहाँ जटंगी-कुरथी भी समेटूँगा और घर भी पूरा करूँगा।'

'सुनकर रूपु का मन उदास हो गया। वह सोचने लगा, शायद अब वे उसे धाँगर न रखें। सीधे-सीधे न बोलकर वे उसे हताश नहीं करना चाहते।

ऐसे भी इस घर में उसे तीन वर्ष हो गए। गमछा और करेया से शुरू कर अब वह बरकी पर आ गया है। धँगराई भी दो काठ से छह काठ पर आ गया है। शायद इन्हें भारी लग रहा हो। मन-ही-मन दो-तीन काठ वाला धाँगर भी ढूँढ़ लिया हो। तीन वर्षों के बाद तो लोग अकसर धाँगर बदल ही देते हैं। तेरह वर्ष की उम्र में आया था। अब सत्रहवें में पैर रखेगा।

ढोम्बे ने रूपु को कबुराडीह में छोड़ने का मन बना लिया था। सो रूपु वहीं रह गया। दिन में अन्य लोगों के साथ खेतों में धान काटता, ढोता। रात में खाना खाकर खलिहान में पहरा देता। खिलंदड़ा तो था ही, सबको हँसाता-हँसतां रहता। उसने नियम बना लिया था कि खलिहान को ले जानेवाला अंतिम खेप का भार उस समय ले जाएगा, जब सारे चरवाहे गाय-बैलों को लेकर छाहुर पार करते रहेंगे। उसे अपनी करिया गाय, चरकी गाय, गोला बाछा, टिकला और डेम्बू की बड़ी याद आती थी। और वे चरवाहे तो उसके अभिन्न मित्र थे कल तक।

कुछ दिन पहले तक वह भी चरवाहा था। सबके साथ जानवरों को ले जाता जंगल और चरने के लिए छोड़ देता। फिर सारे लोग खेलने में मशगूल हो जाते थे। धँगराई के लिए जब पहली बार आया था, तो सभी दोस्तों के साथ-साथ उसने भी मैना पाला था। आषाढ़ के महीने में रूपु, फिलिप, फिलमोन, लेबुइ, रामचंदर, कातिक सबने मैना पाला था। उन्होंने केन्दु पत्ती से अपनी-अपनी मैना के लिए पिंजड़ा बनाया था। उसमें धान का भूसा और कोड़हा मिलाकर भरा था। इससे पक्षी को आरामदायक गरमी मिलती। सुबह-दोपहर सारे चारवाहे एक साथ निकलते थे। मैदान में छाता, अंगोछा रख देते। सोंटी लेकर फतिंगों का शिकार करते और अपनी-अपनी मैना को खिलाते थे। भरपेट भोजन मिलने के कारण मैनाएँ दो माह में युवा हो जाती थीं। चरवाहों के साथ रहने के कारण मैनाएँ 'घुर रे घुर, हियो-हियो-हियो, हिर्रे रे हिर्रे' आदि स्वतः सीख जाती हैं। हरहराकर हँसना और सीटी बजाना मैनाओं का शौक होता है। जब मैनाएँ वे सारी बातें सीख जाती हैं, तब चरवाहे उन्हें 'देखना रे, घुराना रे' कहकर आप खेलने का समय

बना लेते हैं। रूपु तथा और लोग भी ऐसा ही करते थे। खतरा होने पर मैनाएँ अलग ध्वनि निकालकर मवेशियों को सतर्क करतीं। चरवाहे खतरा भाँपकर स्वयं मवेशियों की देखभाल में लग जाते। रूपु और फिलमोन ने अपनी-अपनी मैनाओं को गीत सिखाया था। इस गीत को वे उल्लास के, उदासी के, खतरे के समय में अलग-अलग सुर में गाती थीं।

रूपु की मैना गाती—

'टपु टापु टपु टड़ब टड़ब टपु टापु टपु टड़ब टड़ब
गाड़ा गितिल मैना लोलो गिया।
(नदी की रेत मैना तप रही है।)
फिलमोन की मैना गाती—
'ददा रे दा जोई दादा रे दादा जोई,
पोंयरी ओबबयकायेम',
'हंसली ओबबयकायेम',
'चंदोवा ओबबयकायेम',
ददा जोई इञअथोङगा।
(दादा रे दादा, पायल बनवा देना, हंसली बनवा देना,
चंदना बनवा देना मेरे लिए)

जब-जब रूपु की मैना गीत गाती, फिलमोन की मैना भी गा उठती थी। रूपु की मैना का गीत छोटा था। इसलिए जल्दी समाप्त होने पर फिलमोन की मैना से कहती, 'चुप रह, चुप रह।' जब फिलमोन की मैना गा चुकती, तब वह भी 'चुप रह, चुप रह' कहती। फिर दोनों ठठाकर हँस पड़तीं। रूपु और फिलमोन में जितनी गहरी दोस्ती थी, उतनी ही गहरी दोस्ती उनकी मैनाओं में भी थी।

रूपु और फिलमोन दोनों मइटखुपा के थे। दोनों ही कबुराडीह के धाँगर। एक वर्ष दोनों ने कबुराडीह में बिताया। दूसरे वर्ष रूपु ढोम्बे के यहाँ कबुराडीह में ही रह गया। फिलमोन मइटखुपा में जगत् बड़ाईक मास्टर के यहाँ रह गया। जगत् मास्टर सालभर में उसे तीन हजार रुपया नकद देते।

मइटखुपा और कबुराडीह के बीच में सलंगापूँछ पड़ता है। यहाँ लोगों ने पिछले तीन वर्षों से छोटा सा हाट लगाना शुरू किया है। पहले यह हाट पाँच किलोमीटर दक्षिण कोरोंजो में लगता था। कोरोंजो मिशन स्टेशन था। मिशनरी थे तो इसकी चमक थी। मिशनरी चले गए तो कोरोंजो हाट, स्कूल सबकी चमक जाती रही। वहाँ तक पहुँचने में झरिया लाँघना पड़ता था, जिससे बड़ी तकलीफ होती थी। छोटे व्यापारियों और मनिहारी दुकानदारों ने सलंगापूँछ में हाट लगाने की सलाह दी। अब यह हाट जमने लगा है। अगहन के बाद दूर जंगल के लोग मिट्टी के मोल अनाज बेच देते। गरमी भर लाह, कुसुम, डोरी, चिरौंजी, महुआ, हर्रा, बेहरा का बाजार गरम रहता। हाट का दिन दूर-दराज के गाँवों के लिए पर्व से कम नहीं होता। रूपु और फिलमोन प्रति मंगलवार हाट के दिन सलंगापूँछ आकर मिला करते थे।

तीसरा वर्ष आया। इस वर्ष फसल बहुत अच्छी आई। पता चल गया कि कुवार से लेकर माघ तक हाटों में पैकारों और मनिहारों की गहमा-गहमी रहेगी। हाट के दिन आठ बजते-बजते पैकार दरी, बोरा आदि बिछाकर आसन जमा लेते हैं। सेर-बटखरा, ढारा से वे अनाज, लाह आदि खरीदते। मुर्गियाँ, बकरी आदि भी खरीदते। मनिहारी दुकानवाले रंग-बिरंगी टिन, प्लास्टिक के सामान, खिलौने और रंग-बिरंगे फीते, क्लिप, डिजाइनदार खोंन्सो, कंघी फैला देते कि बच्चों और युवतियों का मन खिंच जाता। लाह, जटंगी और कुरथी भी खूब हुआ था। बच्चों के हाथों तक में लाह का पैसा था। सारे किसान फसल बेचकर धूस, कंबल, चादर, पिंघना, बरकी, पेछौरी और पहनने का कपड़ा खरीद रहे थे। पूस में ईसाइयों का 'जनम परब' सामने था। परब के लिए नए कपड़े खरीद रहे थे। ईसाइयों में कपड़े की होड़ लगी थी। हर कोई कोशिश कर रहा था कि वह सबसे सुंदर, आधुनिक और अलग कपड़े पहने। सो हाट में वस्त्र विक्रेताओं, रेडीमेड कपड़ों की दुकानों और दर्जियों की बन आई थी। जाड़े के मौसम में भी आमदनी की गरमी से उनके माथों पर पसीने चुहचुहा रहे थे। हाट में शंख नदी पारवाले आते थे। वे दोपहर तक लौट जाते थे। इसलिए सबसे लाभदायक खरीदारी

दोपहर से पहले हो जाती थी। हाट के बाहर टट्टुओं की संख्या सौदागरों की संख्या बताती थी। पिछले वर्ष से वे ट्रक लेकर आने लगे थे। इस वर्ष की फसल ने ट्रकों की संख्या बढ़ा दी थी। कुछ लोग ट्रकों में सामान लादने के लिए 'मोटिया' बन गए थे। ये ट्रकवाले खरीदने-बेचने के बीच हाट में घूमते, चाय गुमटियों में अड्डा मारे रहते। हाट के किनारे लगे पेड़ों के नीचे बैठकर ताश खेलते हुए बीड़ी फूँकते रहते। न लोग इन पर ध्यान देते, न बातें करते। शाम को सामान समेटकर ट्रक मालिक आवाज देता, तभी ये जगह छोड़कर जाते।

आदिवासियों का त्योहार हाटों में अलग रंग बिखेरता है। कुँवारी लड़कियाँ एक-दो मिलकर हाट आतीं और अपने लिए मन पसंद कपड़े खरीदती हैं। इसलिए त्योहारों से पहले लगनेवाले हाटों में इन लड़कियों की संख्या अत्यधिक होती है। कपड़ों की दुकानों, मनिहारी दुकानों, चूड़ी दुकानों में मोल-भाव करती दर्जनों लड़कियाँ मिल जाएँगी। इन लड़कियों को कभी क्रोध नहीं आता। हँसी-मजाक के बीच सौदा लेना-देना होता है। दो-चार या झुंड में आकर ये लड़कियाँ मनपसंद चीजें लेकर लौट जाती हैं। माता-पिता या बुजुर्ग कभी हस्तक्षेप नहीं करते।

उस दिन भी भवनाडीपा की चार लड़कियाँ पर्व के कपड़े खरीदने आई थीं। उनके पास लाह बेचने के कारण काफी पैसे थे। इसलिए कपड़े चुनने में उन्हें थोड़ा ज्यादा समय लग गया। लेकिन तब भी सूरज ढलने से पहले वे हाट से बाहर निकल गईं। मनपसंद कपड़े खरीदे थे, इसलिए वे बड़े जोश में बातें करती, हँसती-खिलखिलाती गाँव को जानेवाली पगडंडी पर आ गईं। पगडंडी पर आते ही उनके कदम तेज हो गए। सूरज डूबने तक उन्हें गाँव की सीमा में दाखिल हो जाना था। भवनाडीपा तीन ओर पहाड़ियों से घिरा है। जंगल घना है। गड़राभेड़ी, सियार, खरगोश तो हैं ही, चीता, रामसियार और भालू भी हैं। आजकल भालुओं का जोड़ा आया हुआ है। उनके साथ उनके दो बच्चे भी हैं। बच्चे वाली मादा भालू बड़ी खूँखार होती है। यह झुंड शाम होने से पहले ही जंगल से निकल आता है। इनके भय

से लोग झुंड में रहने की कोशिश करते और शाम होते-होते अपने-अपने घर पहुँच जाते हैं। इन लड़कियों को भी इन्हीं भालुओं का डर था। सो वे जल्दी-जल्दी डग भरने लगी थीं।

हाट से निकलकर पगडंडी में आईं। वे ताश खेलनेवाले चार लोगों के बगल से गुजरीं। उनका चेहरा मनपसंद कपड़े पाने के कारण उल्लसित था। वे हँसती, अपने में मगन जा रही थीं। झरिया के निकट पहुँची और लाँघने की तैयारी करने लगीं। छोटे-छोटे चरवाहे पास ही थे। झरियाडीपा मइटखुपा के लड़के गेंद खेल रहे थे। खेल देखने के बहाने रूपु और फिलमोन पगडंडी की ओर पीठ फेरकर बैठे थे। तभी ताश खेलनेवालों में से एक उठा। उसने अंगड़ाई लीं और जोर से आवाज निकाली। लड़कियों ने पलटकर देखा। लेकिन उनके मन में किसी तरह की शंका नहीं उठी।

लड़कियों ने झरिया लाँघकर पीछे मुड़कर देखा। वह आदमी तेज कदमों से पगडंडी पर उन्हीं की ओर आ रहा है। उसके पीछे उसके दोनों दोस्त आ रहे हैं। लेकिन चौथा उसी जगह बैठा सामान समेट रहा है। तेज कदमों से आदमी को आते देख लड़कियाँ दौड़ने लगीं। उन्हें दौड़ते देख आदमी भी दौड़ने लगा। घबराहट में लड़कियों ने अपने सामान फेंक दिए। दो लड़कियाँ गेंद खेलनेवालों की तरफ दौड़ीं। एक पगडंडी में गाँव की तरफ दौड़ी। एक जंगल की तरफ दौड़ी। गेंद खेलनेवाले युवक लड़कियों को भागते और इन पुरुषों को पीछा करते देख चिल्लाते चले—'वो देखो, सियार मुरगी को दौड़ा रहा है।' फिर तो सारे लड़के खेल रोककर चिल्लाने लगे, 'वह देखो, देखो, देखो सियार मुरगी को दौड़ा रहा है।' लेकिन वे वहीं तक सीमित रहे। मैदान से बाहर कोई नहीं आया।

जो लड़की जंगल की ओर भागी थी, वह अकेली पड़ गई। तीनों दौड़ानेवाले लोग उसके पीछे भागे और दबोच लिया। उसे जंगल में घसीटकर ले गए। एक पेड़ के नीचे दो लोगों ने उस लड़की को गिरा दिया। एक ने सिर की तरफ दोनों बाँहों को दबाया। दूसरे ने दोनों पैरों को दबाया। लड़की रोती-चीखती, लड़ती रही। पर अंत में लाचार हो गई। तीसरा आदमी

जल्दी-जल्दी अपने पाजामे की रस्सी खोलने लगा। इधर रूपु और फिलमोन की मैना उड़कर जंगल में आ गईं। उन्होंने अपनी धुन में गाया—

टपु-टापु, टापु टड़ब-टड़ब
गड़ा गितिल मैना लोलो गिया।
फिलमोन की मैना गा उठी—
ददा रे, ददा जोई
पोंयरी ओबबयकम, हंसली ओबबयकम
चंदोवा ओबबयकम, ददा रे ददा जोई।

फिर दोनों मैना ठठाकर हँसी। बोलने लगी, 'घुर रे घुर, हिर्रे रे गोला हिर्रे।'

नाड़ा खोलनेवाला आदमी ठिठक गया। अन्य दोनों व्यक्ति भी उठ खड़े हुए। उन्हें लगा आसपास चरवाहों का झुंड है। वे घर की ओर लौट रहे हैं। अत: वहाँ से वे खिसकने लगे। इधर रूपु और फिलमोन ने अपनी-अपनी मैना के गीत सुने। सुर को पहचाना। वे दोनों पतरा की ओर जी-जान से दौड़ने लगे। वे झाड़ियों को, पत्थरों को रौंदते, ठोकर मारते दौड़ रहे थे। धम्म-धम्म की आवाज आ रही थी। तीनों आदमी आवाज सुनकर पगडंडी की ओर दौड़ने लगे। इधर से रूपु और फिलमोन दौड़ रहे थे, उधर से वे तीनों। पतरा में ही चार लोगों की जोरदार टक्कर हुई। चारों आदमी छितिछान गिरे। उनके घुटने, कुहनियाँ, माथे और उँगलियाँ फूट गईं। वे उठकर हाय-हाय करने लगे। लेकिन पाँचवाँ आदमी, जो असली साजिशकर्त्ता था, वह बच निकला।

गाँव में बात हवा की तरह फैल गई। इन चारों लड़कियों को लोग देखते। कुछ मुँह बिचकाते। कुछ गुस्सा झाड़ते। कुछ व्यंग्य करते। कुछ मजाक उड़ाते। युवक चिढ़ाते, 'मुरगी को चील पकड़कर ले जा रहा था, बच गई।' कोई कहता, 'क्या जरूरत है सिंगार-पतार की? इसी से तो नजर गड़ती है लोगों की!' बुजुर्ग कहते, 'बच गई। नहीं तो हमारी जात चली

जाती। हम मुँह दिखाने के लायक नहीं रहते।' बात जितनी फैलती गई, जलते मिर्च की गंध साथ फैलाती गई। आखिर एक सप्ताह बाद पंचायत बैठाई गई। सरपंच ने फैसला सुनाया, 'पहले ऐसा नहीं होता था। लड़कियाँ माँ-बाप जो देते थे, वही पहनती थीं। लड़कियों को नरहोड़ तक साड़ी पहनना चाहिए। आजकल जैसा पइरलक लाल-पियर पहनने से क्या होता है, देख रहीं है न? आज के बाद माँ-बाप को समझ जाना चाहिए कि बनाव-सिंगार और लहर-फहर से बेटियों को कितना खतरा है? बनाव-सिंगार के कारण ही दूसरों की नजर इन पर पड़ती है। अच्छा हुआ कि चार जन मिलकर गईं थीं। आगे से अकेली-दुकेली लड़की हाट नहीं जाएगी। घर के लोगों के साथ ही हाट या कहीं जाएगी।' सभा से लौटकर सबने अपने-अपने घर में फरमान सुना दिया।

रूपु और फिलमोन हाय-हुस करते अपने-अपने घर गए। सरसों तेल और हल्दी का लेप लगाकर पट्टी बाँधी। पाँच दिन बाद फिर वे काम पर जुट गए। कटनी-मिसनी समाप्त हो गई। तब दोनों ने मइटखुपा, सलंगापूँछ और कबुराडीह के लड़कों को संगठित किया। जब युवक जमा हो गए तो इन दोनों ने उन्हें बताया कि 'हम हमारे ही घर-आँगन में अपनी मरजी से घूम सकें, अपनी मरजी से बोल सकें, जी सकें, खा-पहन सकें, गा सकें, नाच सकें, यह हमारा अधिकार है। इसलिए हमको संगठित होकर रहना है। हमारी मैनाएँ गीत नहीं गातीं तो हम भवनाडीपा की लड़की को बचा नहीं पाते। तब लूसी का क्या होता?'

फिलमोन बोला, 'डर से हम अपने घरों में क्यों बंद रहें? हम भी भात खाते हैं। गुंडे-बदमाश भी भात खाते हैं। तब वे क्यों अकड़कर रहेंगे और हम उनसे डरते रहेंगे? उस दिन हम गिर गए, नहीं तो गुंडों को बता देते। इन सबसे बचने के लिए लड़का-लड़की सबको एक-दूसरे का साथ देना चाहिए। तभी हम अपनी आजादी की रक्षा कर सकेंगे'।

युवाओं ने इनकी बातें सुनीं। एक वर्ष बाद सबने मिलकर सांस्कृतिक

संगठन बनाया। इस संगठन में अपने मृतप्राय नाच-गान को पुनर्जीवित किया। संगठन में अनेक दुनियादारी बातें होने लगीं। बुजुर्ग भी इस संगठन में शामिल होने लगे। सलंगापूँछ गतिविधियों का केंद्र बना।

रूपु के रूझान को ढोम्बे ने देखा, पहचाना। उसने उसे कबुराडीह के खेतों की देखभाल का जिम्मा दिया, ताकि उसका यह सामाजिक कार्य भी जारी रहे।

□

संगीत-प्रेम ने प्राण लिये

चालीस वर्षों से ज्यादा हो रहा है, उस समय यहाँ अखंड जंगल थे। बाघ भी सियार की तरह दिन-दहाड़े जहाँ-तहाँ मिल जाया करते थे। खरगोश, साही और लक्कड़बग्घे तो पालतू जानवरों की तरह घरों के चारों ओर घूमते रहते थे। चालीस मरदान के आसपास दिन में भी अकेले-दुकेले की हिम्मत नहीं होती थी कि वे वहाँ से पार हो जाएँ। सभी लोग जानते थे कि कुसुमबेड़ा झरिया के पास से बड़ा बाघ पार होता है। वह बाघ बड़ा रसिया था।

बात उन दिनों की है जब चिट्ठी-पत्र दोनों के लिए पिउन नहीं होते थे, जो चिट्ठी लाते-ले जाते थे, उन्हें 'डकबोहा' कहते थे। वे भूरे रंग के कपड़े के जूते, कमीज और पैंट खाकी रंग के पहनते थे। उन्हें एक बलुवा मिलता था। बलुवे में पीछे घुँघरू और सामने डाक का थैला टाँगते थे। डकबोहा इसे कंधे पर ढोकर लुझुर-लुझुर दौड़ता था। उस समय साइकिल नहीं थी। समय पर डाक पहुँचे, इसके लिए डकबोहा को दौड़ना पड़ता था। जब दौड़ता था, तब घुँघरू बजता था। दौड़ने के कारण लोग 'दौड़ाहा' कहते थे। ये दौड़ाहे समय के पक्के थे। उनके पार होने से लोग अपने स्कूल का, हल खोलने के समय का अनुमान लगाते थे। घुंघरू की आवाज सुनकर लोग कहते, 'वह देखो, दौड़ाहा पार हो रहा है, कोरोंजो से सिमडेगा और सिमडेगा से कोरोंजो एक ही दिन में दौड़ाहा आना-जाना करता था। उस दौड़ाहे का नाम संतोष तोपनो था।

संतोष के आने-जाने के समय को बड़े बाघ ने ठीक पहचाना था। दूर से ही दौड़ाहा के घुँघरू की आवाज को सुनकर बाघ पहाड़ी से उतर जाता था। सड़क पर आकर आवाज की ओर मुँह खोलकर तनकर बैठ जाता। बाघ तनकर बैठा रहता था। उसकी मूँछें हिलती रहतीं, जीभ लपलपाती रहती थीं। वह आँखें बंद किए रहता था। उसे देखने से ऐसा लगता था कि वह मुसकरा रहा है। शुरू-शुरू में संतोष दौड़ाहा को बड़ा डर लगता था। लेकिन जब उसने ध्यान से देखा कि बाघ तो शिकार खेलने के लिए घात लगाकर नहीं बैठता है, तब वह किनारे से निकल जाता और आगे बढ़ जाता। तब बाघ वहाँ से उठकर अगली घुमावदार सड़क पर बैठ जाता। जब दौड़ाहा दूर निकल जाता, तब बाघ उठकर जंगल में समा जाता था। शुरू-शुरू में दौड़ाहा डरता था और अपने मालिकों तथा गाँव के लोगों से कहा करता था, 'मुझे रास्ते में बाघ छेकता है।' लेकिन बाद में वह जान गया कि बाघ उसे नहीं छेड़ता है। वह तो घुँघरू की आवाज सुनने के लिए आता है।

संतोष दौड़ाहा बूढ़ा हो गया। उसकी जगह काम पर डोनो आया। पहला ही दिन था। डोनो डाक लेकर लुझुर-लुझुर दौड़ने लगा। रास्ता सन्नाटा था। सिर्फ घुँघरू की झुनुर-झुनुर और जूते की खपट-खपट हवा में गूँज रही थी। और कोई आवाज नहीं सुनाई दे रही थी। डोनो ने कभी अकेले चालीस मरदान नहीं पार किया था। भय से उसका शरीर फूल रहा था। जैसे ही चालीस मरदान पहुँचा, अचानक बाईं ओर सड़सोड़ सुनाई दिया। पेड़ से दीमक की मिट्टी भी झड़ गई। डोनो डर के मारे रुक गया। बड़ी चौकसी से आँखों ही आँखों से दाएँ-बाएँ देखने लगा। घुँघरू बजने की आवाज रुक गई। आवाज सुनाई देना बंद हुआ तो बाघ भी, जो घुँघरू की आवाज से खिंचा चला आ रहा था, ठहर गया। बाघ सिर्फ ठहर ही नहीं गया, मूर्ख की तरह डोनो को खड़े होकर ताकने लगा। इतना बड़ा भयानक बाघ सामने देखकर डोनो के होश उड़ गए। एक ही बार छलाँग लगाकर वह गाँव की ओर भागा। बाघ तो भकुवा गया कि वह आदमी क्यों भाग रहा है!

सड़क एक जगह घुमावदार है। इसे ही चालीस मरदान घाट कहते हैं।

यहाँ पर दोनों ओर बड़े ऊँचे-ऊँचे सखुआ, करम, केन्द और अन्य पेड़ थे। इतने ऊँचे पेड़ थे कि नीचे से देखने पर लगता था कि वे बादलों को छू लेते हैं। वहाँ पहुँचने पर दिन में भी अँधेरा दिखाई देता था। उसी जगह डोनो अंधाधुंध चुंदी छूटने तक भागा। यह जगह बिच-बिचान है। न कोई गाँव आसपास दिखाई देता है, न आदमी पहुँचता है। डोनो को दौड़ने से घुंघरू की आवाज में भी परिवर्तन सुनाई दिया। बाघ को कुछ अजीब सा लगा। सड़क घूमती है, वहाँ बाघ सड़क से उतरकर सीधी चढ़ान पर गया। उसने डोनो का रास्ता काटा और फिर सीधे सड़क पर पहुँच गया। डोनो के पहुँचने से पहले ही बाघ पहुँचकर फिर सामने बैठ गया। डोनो वहाँ पहुँचा, सामने बाघ को देखकर उसका कलेजा धक-धक करने लगा। उसने सोचा, 'हाय दइया, बाघ आज मेरा कलेवा करके रहेगा। मुझे छोड़नेवाला नहीं है।' उसने पोनोमोमीर को गुहार लगाना चाहा। लेकिन मुँह से सिर्फ पा-पा निकलता रहा। अचानक उसके दिमाग में एक विचार कौंधा। एकाएक वह वहाँ से मरते-जीते भागने लगा। एक बार भी पीछे पलटकर नहीं देखा उसने। घर पहुँचते-पहुँचते उसे तेज बुखार आ गया।

बुखार में पड़ा था डोनो। बहुत सारे लोग उसे देखने आए। दौड़ाहा था, सो सबकी सहानुभूति उसके साथ थी। उसने सभी मिलनेवाले लोगों को बताया कि उसे रास्ते में बाघ छेकता है। पता नहीं सचमुच का बाघ है या 'छयना-बयना' है। एक सप्ताह तक डोनो अपने काम पर नहीं गया। वह गाँववालों से सलाह-मशविरा करता रहा कि कैसे बाघ मारा जाएगा या दूर भगाया जाएगा। एक सप्ताह बाद डोनो अपने काम पर चिट्ठी लाने-पहुँचाने गया। उसके चालीस मरदान पहुँचने के पहले ही कई गाँवों के लोग बर्छा, तलवार, बलुआ, टाँगी आदि लेकर जंगल में पसर गए थे। बाघ को इस तैयारी की आहट भी नहीं लगी थी। उसने जैसे ही घुँघरू की आवाज सुनी, जाकर सड़क पर आँखें बंद कर बैठ गया। उस वक्त घुंघरू की मधुर आवाज सुनकर आत्मविभोर हो उठा था बाघ। शायद इसे ही स्वर्गीय आनंद कहते हैं। जब बाघ आत्मलीन था, उसी समय डोनो बगल से गुजरा। बाघ के मन-तन-प्राण

में घुँघरू की मधुर आवाज समा गई। इसी वक्त किसी ने चियारी से बाघ को बेध दिया। तीर ठीक से नहीं लगा। बाघ बहुत जोर से गरजा। जोर से उछला और जमीन पर गिरा। लोग टूट पड़े और जिसके पास जो कुछ भी था, उसी से बाघ को मारने लगे। एक बलुआचारी ने उसके पैर को काटना चाहा। सामने के पैर में बलुवा लगा, लेकिन पंजा जख्मी हुआ। कटकर अलग नहीं हुआ। घायल बाघ भागकर घने जंगलवाले पहाड़ में छिप गया। घायल बाघ के डर से लोग जान बचाकर अपने-अपने गाँव भाग गए।

एक सप्ताह बाद सुनाई दिया कि बाघ चरवाहों के बीच से एक बड़ा सा बैल उठाकर ले गया। इसके बाद तो हर दिन सुनाई देने लगा कि 'आज जानवर का शिकार किया', 'आज आदमी को दौड़ाया', आदि। शुरू में तो लंगड़ा बाघ गाँव में घुसने लगा। मौका पाकर बकरी, घर और गोशाला भी घुसने लगा। कुछ दिन और बीते। तब सुनाई दिया कि एक चरवाहे को मैदान से ही बाघ ने उठा लिया। फिर तो आदमी पर ही धावा बोलने लगा। वह आदमखोर हो गया।

कुवार का महीना आया। चौरा धान फूट चुका था। पकना बाकी था। इसलिए किसनई का काम कम था। रविवार का दिन था। झुनकी की माँ को सिलो की माँ जबरदस्ती गेठी कंदा कोड़ने ले गई। पता नहीं उस दिन सिलो की माँ को कैसा लग रहा था कि घर के निकट ही गेठी सरंग था, फिर भी झुनकी की माँ को बहुत दूर ले गई। ओह, रे उस दिन का गेठी! तीन-तीन, चार-पाँच सेर का गेठी कंदा मिलने लगा। दोनों की टोकरियाँ जल्दी ही भर गईं। इसी समय जंगल में रट-रूट डालियों के टूटने, पत्थरों के लुढ़कने की आवाज आने लगी। बंदर पेड़ों के ऊपर इधर-उधर चीखने-चिल्लाने और उछलने लगे। झुनकी की माँ भय से 'चलो रे, चलो रे' कहने लगी। वह भागने को तत्पर हो गई। लेकिन सिलो की माँ, 'रुको रे, बड़ा सा मिला है रे। इसे कोड़ने दो रे' कहकर देर करने लगी। झुनकी की माँ ने पहाड़ की ओर ऊपर ताका। बड़ा लंगड़ा बाघ सिलो की माँ के निकट पहुँच गया है। पता नहीं क्या हुआ था कि सिलो की माँ की आँखें और बाघ की आँखें एक-दूसरे पर गड़

गईं। ऐसा कि सिलो की माँ टस-से-मस नहीं हुई। बाघ निकट आया। सिलो की माँ की कमर को मुँह से पकड़ा और पीछे लौटने लगा। सिलो की माँ 'आओ न खुनकी से मारो। मुझे छुड़ाओ' कह रही थी। झुनकी की माँ टुकनू फेंककर 'भागो गे, भागो गे' कहती हुई नीचे की ओर भाग रही थी। शायद मौत ने ही सिलो की माँ को दबाया था। झुनकी की माँ गाँव जब तक पहुँचती और लोग जमा होते, बाघ ने सिलो की माँ को मार डाला था। लोग जिसे जो मिला, लेकर जंगल की ओर चिल्लाते दौड़े। शोर सुनकर बाघ खिसक गया। सिलो की माँ मिली, लेकिन वह निष्प्राण थी। लोग उसे खटिया में ढोकर लाए और उन्हीं के आँगन में रख दिए। घुटनों के बल चलनेवाली सिलो को चारपाई पर रख दिया गया। वह हबुक-डबुक अपनी माँ से लिपट गई। दूध पीने के लिए माँ का स्तन ढूँढ़ने लगी। ओह, रे! बच्ची का भाग्य! बाघ ने छाती का मांस नोंच डाला था। वह इधर-उधर टटोलने लगी। सबकी आँखें दृश्य को देखकर नम हो गईं। दोपहर में ही माँ का दूध उसने उलट-पलटकर पिया था। कुछ पल बाद ही माँ के दूध के बदले बच्ची का मुँह खून से रंग गया था। शोर के कारण ही बाघ ने लाश का पीछा नहीं किया। अन्यथा वह गाँव में घुस ही जाता। यह कटासारू गाँव था।

घायल बाघ पल में यहाँ, पल में वहाँ होता है। वह इतना खूँखार हो उठता है कि लोग उसे मारने के बदले उससे बचना बेहतर समझते हैं। बंदई पर्व आ गया था। अंवराबहार में गदमघोल पर्व मना रहे थे। टहटह इंजोरिया में नाच-गान और मांदर का बजना चल रहा था। गेडे बुढ़िया दिन-भर घर-घर घूमकर खा-पीकर अघा गई थी। वह थक भी गई थी। कुछ ठंड भी लग रही थी। वह बरामदे में आग जलाकर ताप रही थी। वह अकेली थी। कोई उसके परिवार में नहीं थे। वह आग को तेज जला देती और पाड़न्न करने लगती। उसी समय बाघ उसके पीछे आ गया। आग तेज होता तो बाघ पीछे हट जाता। फिर झपट्टा मारने की कोशिश करता। लेकिन जख्मी पाँव से वह जोरदार झपट्टा भी नहीं मार पा रहा था। पैर बुढ़िया के पीठ पर लगता। बुढ़िया को लगा, कोई मजाक कर रहा है, सो वह 'हटो जी' कहकर हटाने

की कोशिश करती। आग तेज जलते ही बाघ पीछे हट जाता। आग की रोशनी होने पर भी कुछ भी नहीं दिखाई देता। कई बार ऐसा हुआ। गेडे बुढ़िया 'अभी इसको तो' कहते हुए जलती लुकाठी खींचकर मारने जैसा की कि रोशनी में देखा—बड़ा सा बाघ! वह लुकाठी को घुमाते हुए, 'ए बबा बाघ' कहते हुए घर में घुसकर बंद हो गई। अखड़ा के लोगों ने बुढ़िया की चीख सुनी। सारे सिर पर पैर रखकर भागे। इतना गुलजार था गाँव, सो पलभर में चारों ओर सन्नाटा छा गया।

बाघ का घाव बिना इलाज के कैसे ठीक होता? उसमें कीड़े पड़ गए। बाघ निर्बल होने लगा। वह शिकार करने में असमर्थ हो गया। भूख और क्रोध से वह पागल की तरह हो गया। किसी समय भी गाँव में घुस जाता। एक दिन उसने एक नौजवान लड़की को उठा लिया। उस दिन भी लोग बाघ को मार नहीं सके। दूसरे दिन कौरोंजो बाजार था। लड़की की लाश को बाजार रास्ते से थाना ले जाया जा रहा था। लाश का पीछा करते हुए बाघ हाट तक पहुँच गया। बाघ देखकर भीड़ चीखते-चिल्लाते इधर-उधर भागने लगी। शोर सुनकर बाघ भी तीन पैरों से ही, लेकिन बड़ी तेजी से भागा। दो दिन बाद अगहन आ गया। जेरका कुम्हार अपनी पत्नी के साथ मिट्टी के बरतन लेकर भंवरी गया। कोरोंजी के पास नदी के उस पार वे दोनों थे। पति भार ढो रहा था, पत्नी सिर पर बरतन ढो रही थी। पत्नी आगे चल रही थी। पीछे पति पर बाघ हमला करने की कोशिश कर रहा था, किंतु भार के कारण असुविधा हो रही थी। जब गाँव के निकट पहुँचने लगे तो बाघ के सब्र का बाँध टूट गया। उसने हमला कर दिया। भार के एक तरफ बरतन और बाघ का बोझ भारी हो गया। बरतन गिरा। घड़ों के टूटने से तेज आवाज हुई। इधर दूसरी ओर के घड़े बोझ के कारण गिरे और टूटे। पत्नी जो आगे-आगे चल रही थी, 'आखिर क्या हुआ' कहकर पलटकर देखने लगी। सामने बड़ा बाघ देखकर उसकी घिग्घी बँध गई। उसके सिर के सारे घड़े गिरे और फूट गए। बड़ी तेज आवाज हुई। बाघ को लगा, कोई बंदूक दाग रहा है। वह भागा और जंगल में ओझल हो गया।

बाघ के दिन गिने-चुने रह गए थे। गाय-भैसों को छुट्टा छोड़ने के दिन आ गए थे। लेकिन बाघ के डर से छुट्टा नहीं छोड़ रहे थे। बाघ पीड़ा, भूख और क्रोध से पागल हुआ जा रहा था। उसके डर से अकेले-दुकेले लोग गाँव में भी रहने से डरने लगे थे। पहाड़ी के उस पार बघराय रहता था। वे बाप-बेटा थे। लोहरा का काम और बाघघनी बनाना भी जानते थे। तीर को कई दवाओं और छुछंदर के खून में पजाते थे। बड़ा सा धनुष बनाकर बाघ के रास्ते में खूँटते थे। जरा-से धक्के से तीर छूटता, थोड़ी सी खरोंच भी लगती और बाघ मर जाता था। वे दोनों इतने कठोर और बिसाहा थे। उन दोनों ने इस तरह से अनेक बाघ मारे थे। लोगों में उनका नाम था। इस कारण उनका घमंड भी बढ़ गया था। इस बार भी कई गाँव के लोगों ने उनसे गुहार लगाई। लोहरा तो लोहरा सही, कई लोगों के निवेदन से वे गर्व से ऐंठ गए। बोलने लगे, 'बड़े-बड़े बाघ हमने ठिकाने लगा दिए हैं। इस लँगड़े को पार लगाने में कितनी देर लगेगी? रुको, परसों तुम्हें इसे ढोकर लाना पड़ेगा।'

लोग वापस आ गए। बघराय लोग भी किसी नेग का हंड़िया पीने किलेसेरा चले गए। उन दोनों ने वहाँ कमर का कपड़ा गिरने तक हंड़िया पीया। बढ़-बढ़कर बाघ के बारे में ही बोलते रहे। बस बोलते रहे, 'परसों उस लँगड़े को मारकर ही हम दम लेंगे।' खाने के बाद आधी रात को दोनों वापस आने लगे। पीकर धुत्त गिरते-पड़ते वे रास्ते में चल रहे थे। पता नहीं कहाँ से लँगड़ा बाघ भी उनका पीछा करते हुए चला आ रहा था, इन दोनों को पता ही नहीं था।

कहते हैं दीपक बुझने से पहले दपदप करता है। प्राण निकलने से पहले सारा दुःख-दर्द ठंडा पड़ जाता है। बाघ भी दो-दो शिकार देखकर खुश हो रहा था। दोनों बाप-बेटा डग भर नहीं पा रहे हैं, लेकिन बाघ मारने की बात कर रहे हैं। दाँव-घात देखकर बाघ ने दोनों को एक-एक पंजा मारा कि दोनों चूँ तक नहीं कर पाए। भूख, क्रोध, घृणा और पीड़ा के कारण बाघ ने आव देखा न ताव, दोनों की छाती फाड़कर दिल और कलेजा ही खा गया। खा-पीकर हट ही रहा था कि एक भालू से उसकी भेंट हो गई।

भालू तो भालू होता है। यों तो चलते हुए इधर-उधर सूँघता चलता है, लेकिन किसी को सामने पा जाए तो दो पैरों पर खड़ा हो जाता है। वह भालू लँगड़ा बाघ से भिड़ गया। दोनों गरजने लगे। एक-दूसरे को पटके, काटे और लहूलुहान हो गए। बाघ का खड़ा पैर टूटकर गिर गया। तीन पैरों से कब तक लड़ता! फिर भी प्राण बचाने की खातिर जब तक लड़ सका, लड़ता रहा। मुरगे के बाँग देने तक गरजना सुनाई दिया। फिर धीरे-धीरे वातावरण शांत हो गया। उस दिन सुबह होने तक एक पंछी भी नहीं बोला, न सियार ही रोया। इसलिए सूरज के चढ़ जाने के बाद भी किसी को हिम्मत नहीं हो रही थी कि बाघ और भालू के युद्धस्थल का मुआयना करें। लोगों को डर था कि बाघ और भालू दोनों ही घायल हुए होंगे। यदि ऐसा है तो दोनों ही गाँव को नष्ट-भ्रष्ट कर देंगे। दोपहर तक किसी प्रकार की घटना नहीं घटी, तब जाकर लोगों की अटकी साँस लौट आई।

दोपहर हो गई, तब गाँव के लोग एक-दूसरे को पुकारते हुए जमा हुए। वे सलाह कर बड़े-बड़े डंडे और हथियार लेकर जंगल गए। उन्हें भय था कि वहाँ लँगड़ा नहीं कोई अन्य बाघ भी हो सकता है। जब बीच जंगल में पहुँचे तो बघराय, दोनों बाप-बेटे की लाश उन्हें मिली। लाश देखकर समझ गए कि दोनों को बाघ ने ही मारा। बोलने लगे, 'बघेरा को बाघ ही खाता है।' लेकिन दो-दो लाश देखकर उनका शरीर, मुरगी के शरीर की तरह फूल गया।

अब उन्हें आश्चर्य लगा कि रात को बाघ और भालू लड़े थे उसका क्या हुआ? कुछ लोग खाट लाने और दोनों बघराय को ढोकर ले जाने में लग गए। कुछ लोग आगे बढ़े। उन्होंने देखा, जहाँ पर बाघ और भालू लड़े हैं, वहाँ केन्दू के पौधों को उन्होंने रौंद डाला है। जमीन से रौंद डाला है। कुछ दूरी पर बाघ लेटा हुआ है। कौवे उस पर बैठकर चोंच मार रहे हैं। तब भी उन्हें डर तो लग ही रहा था कि कहीं मरा न हो, सिर्फ घायल हो! घायल बाघ तो सबसे ज्यादा खतरनाक होता है। दूर से ही कंकड़, पत्थर फेंककर लोगों ने जाँचा कि वह जीवित है या नहीं। जब वह टस-से-मस नहीं हुआ, तब जाकर लोगों ने उसकी लंबाई नापी। ग्यारह हाथ लंबा था वह बाघ। वह जवान था।

अपने कटे पैर के कारण ही वह लाचार था और भालू के हाथों मारा गया था।

बाघ को देख लोग भयभीत हो गए। इतना बड़ा बाघ भालू को मार नहीं सका। लेकिन अवश्य घायल किया होगा। भय के कारण जमा हो गए लोग। किसी की बोली नहीं फूटने लगी। कुछ तो पसीना-पसीना हो गए। जवान लड़कों ने तय किया कि घायल भालू को ढूँढ़ना ही पड़ेगा। नहीं तो हम तकलीफ में पड़ेंगे। उसे मार देना चाहिए या घने जंगल में खदेड़ देना चाहिए। खोजते-खोजते उन्हें मृत भालू का पड़ा हुआ शरीर मिल ही गया।

बाघ और भालू के मारे जाने के बाद लोगों ने कहा, 'बघराय के पाले हुए देवता ने ही ऐसा किया। किसी कारण वह नाराज था, सो दोनों बघराय को साथ ले गए। उन्होंने जरूर कुछ गलत किया था। आखिर क्या भूल की थी, जो दोनों को बाघ ने मारा? लेकिन उनके देवता ने बाघ और भालू को भी जीवित नहीं छोड़ा। अब इस तरह से गुजरना हम सबके लिए बला होगी। पता नहीं किसे किस रूप में ये दोनों डराएँगे।'

बघराय लोग तो पीने के कारण आप मारे गए थे। लेकिन बाघ क्यों इस गति को प्राप्त हुआ?

□

बीत गई सो बात गई

झुनु महकुर करमडीपा कुरडेग प्रखंड का है। करमडीपा छत्तीसगढ़ मध्य प्रदेश की सीमा पर है। उड़ीसा भी ढाई मील दूर जाने से मिल जाता है। उसके पास तीन गाय और सात भैंसे हैं। खेती है। साथ में दूध-घी का 'कारबार' भी करता है। बाकी इसे 'कारबार' नहीं कहा जा सकता, क्योंकि गाय-भैंस पालना तो उसका जातीय पेशा है। पुरखे मवेशी पालते आए हैं, सो झुनु भी पाल रहा है। जंगल उसे बहुत पसंद है। दूध बेचने के लिए नगर में बड़ी दूर जाना पड़ता है। दूध बेचने रोज नगर जाना पड़ता, सो वह घी बेचता है। बीस रुपए किलो खाँटी घी बेचता है। मट्ठा पूरे गाँव में बाँट देता है। दिनभर जंगल में रहता है। मनुष्य मात्र से उसकी भेंट शाम और सुबह होती है। वह भी तब जब वह अपने लिए खाना बनाता, पानी भरता या कूटा धान नापता होता। असल में वह भैंसों-गायों को अकेले चराता, कहता 'सब लोग एक जगह जाएँगे तो गाय-भैंस का पेट ठीक से नहीं भरता है।'

झुनु का रहन-सहन साधारण था। सिर्फ कमर में धोती लपेटता, जो घुटनों को ढकती। इसके सिवा कुछ न पहनता। सोने के लिए एक बड़ी सी चारपाई थी, जिस पर एक चटाई बिछी रहती। सोते वक्त एक पेछौरी बिछा लेता। जाड़े में ओढ़ने के लिए एक बरकी रखी है। माता-पिता जीवित थे, तब कांसा-पीतल के बरतन थे। झुनु ने उन्हें भंडारघर में रख दिया है। वह कहता, 'ऐसे बरतनों को साफ करने में बड़ा समय लगता है। इससे अच्छा है मिट्टी के बरतन रखूँ।'

झुनु को जंगल बहुत प्यारा है। न किसी से झगड़ा, न किसी से दोस्ती। अकेले जंगल में रहने के कारण झुनु छल-प्रपंच से कोसों दूर है। कोई भी धूर्त या चालाक आदमी उसे सहज ही ठग लेता है।

ऐसा नहीं है कि झुनु हमेशा अकेला रहा है। उसके माता-पिता थे। पिता के साथ ही उसने जंगल में गाय-भैंस चराने की आदत डाली है। झुनु के पिता एक दिन जंगल में तोम्बा काट रहे थे। पेड़ पर कुरथिया नाग चढ़ा हुआ था। डाली के हिलने से साँप को बड़ा क्रोध आया। वह पेड़ पर से सीधे पिता के दाहिने हाथ पर कूदा और कंधे पर डस दिया। साँप ने डस तो दिया, लेकिन पिता ने भी साँप की गरदन पकड़ ली और पत्थर पर सिर को घिसकर खत्म कर दिया। इतना ही नहीं, कटे तोम्बे को कंधे पर ढोकर घर तक ले आया। तब तक जहर पूरे शरीर में फैल चुका था। दो शीशी 'सर्पमृत्यु' पिलाई गई, लेकिन वह नहीं बचा। उसी वर्ष बरसात में झुनु की माँ भी चल बसी। तीन विवाहित बहनें हैं। वे अपने घरों में रहती हैं। सो झुनु घर पर अकेला हो गया।

गाँव के लोग दु:ख-दर्द में साथ देनेवाले होते हैं। इन्होंने बहुत कोशिश की कि झुनु की शादी हो जाए। लेकिन झुनु इतना सरल था कि लड़कियाँ उसे देखने के बाद 'न' कर देती थीं। झुनु का सीधापन, घी का कारोबार और कुंवारा होना आसपास के क्षेत्रों के लिए मजाक का विषय हो गया था। महकुर समाज झुनु की चिंता करता। कई युवकों ने उससे दोस्ती की। उन्होंने उसे चालाक बनाने की कोशिश की। लेकिन उस व्यक्ति को बदलना क्या आसान था ? सो सारे दोस्त धीरे-धीरे कन्नी काट गए।

पड़ोसी गाँव का महादेव बड़ाईक रायपुर में ग्रामसेवक हो गया। काम के सिलसिले में वह रायपुर प्रखंड के गाँवों में घूमता। रायपुर का बासमती जितना सुगंधित होता है, गाँव के गँवई भी उतने ही जिंदादिल होते हैं। महादेव इनके बीच अपने लिए जीवन-साथी ढूँढ़ने लगा। वह अकसर कहा करता, 'जिंदगी दो दिनों की है। उसे मैं हँस के जीना चाहता हूँ। इसलिए मैं ऐसी पत्नी ढूँढ़ रहा हूँ, जो खिलखिलाकर हँसती हो।' पर महादेव का दुर्भाग्य, वैसी लड़की उसे अपने समुदाय में नहीं मिली।

वैसी खिलखिलाती युवती जसोदा मिली महादेव को एक कस्बे में, लेकिन वह उसकी जाति की नहीं थी। कस्बा रायपुर नगर से सटा हुआ है, सो जसोदा के माता-पिता प्रगतिशील विचारों के हैं। जात-पात नहीं मानते। पर महादेव तो गाँव का रहनेवाला है। जात-पात मानकर ही बिरादरी में, खासकर गाँव में, रह सकता है। ऐसे समय में उसे झुनु की याद आई। महादेव का खयाल नेक है। उसने सोचा 'लड़की सलीकेदार है। बड़े-छोटे से व्यवहार करना जानती है। अगर वह गाँव जाने को राजी हो जाए तो बहुत अच्छा। गाँव की लड़कियाँ इससे बहुत कुछ सीखेंगी। महादेव ने झुनु के बारे में सोचा, 'सारे लोग उसकी सरलता का फायदा उठाते हैं। यह लड़की उसके घर जाएगी तो घर को सँवार देगी।'

जसोदा की माँ खास शहर की थी। पिता के बारे नहीं कहा जा सकता कि उनका घर कहाँ है। परंतु यहाँ वे अपने कारोबार के सिलसिले में रहते हैं। वे भी जसोदा की शादी को लेकर चिंतित हैं। महादेव ने झुनु की बात जसोदा के घर तक पहुँचा दी। एक-डेढ़ महीने बाद जसोदा के माता-पिता ने शादी की स्वीकृति दे दी। शादी कोई खास धूमधाम से नहीं हुई। मंदिर में शादी हुई और गाँव में प्रसादी बाँट दिया गया।

जसोदा रायपुर से कुरडेग आ गई। फागुन, चैत, बैसाख ठीक बीता। बड़ा प्रेम पनपा दोनों के बीच। झुनु पत्नी की हर फरमाइश पूरी करने को तत्पर रहता। जसोदा बड़े प्रेम से झुनु के काम में हाथ बँटाती। उसने घी बेचने के नए अड्डे ढूँढ़ निकाले। जहाँ झुनु लोटे से घी नापता था, वहाँ जसोदा ने सेर-बटखरा लगा दिया। झुनु के घर में रुपया बरसने लगा। धन आदमी को पागल बना देता है। जसोदा के प्यार और होशियारी ने झुनु का विश्वास जीत लिया। खुशी के एक पल में झुनु ने जसोदा को अपना सबकुछ सौंप दिया। चारपाई के नीचे खोदकर माँ के पंदरी, हंसली, चंदवा तथा पिता के कुछ मोहर और अपनी गाढ़ी कमाई के रुपए छिपाकर रखे थे, दिखा दिया। खाँटी चाँदी लगभग चार सेर, सोने की मोहरें और अपनी कमाई के रुपए कितने हैं, पता नहीं। झुनु अनपढ़ है, सो गिन भी नहीं सकता।

समय बीतने लगा। संपत्ति देख जसोदा का मन पुलक उठा। आँखें चमकने लगीं। झुनु का विश्वास वह जीत गई है, इसलिए उसके पैरों का जमीन पर न पड़ना स्वभाविक है। वह झुनु से वैसा ही प्रेम करने लगी, जैसा चींटी गुड़ से करती है। जिधर-जिधर झुनु जाता, उधर-उधर जसोदा जाती। जसोदा को लगता है कि झुनु उन सारे स्रोतों को जानता है, जहाँ से हाथ में पैसे आते हैं। गाँव के लड़के उन्हें देखकर चिढ़ाते, 'वह देखो, डुंडलू उफिया खुँदा-खुँदी जा रहे हैं'। सुनकर झुनु और जसोदा हँस देते। गाँव में जसोदा की बड़ी प्रशंसा होती। इस विवाह के मध्यस्थ महादेव का भी आदर बढ़ गया।

कुवार का महीना आ गया। खेतों में अनाज लहराने लगा। गाय-भैंस को भरपेट पोठ घास चरने को मिलने लगा। पेट भरा तो दूध की मात्रा भी बढ़ गई। घी जल्दी-जल्दी जमा होने लगा। तब एक दिन जसोदा झुनु से बोली, 'भार से घी ले जाने का समय अब नहीं रहा। क्यों न हम पीपों को बैलगाड़ी में लादकर ले जाएँ।

झुनु बोला, 'किसकी बैलगाड़ी लेंगे? सबका अपना-अपना काम है।'

जसोदा, 'मैं बलभद्र काका से बात करूँगी। हम उन्हें पैसे देंगे। ऐसे ही थोड़े न लेंगे!'

झुनु, 'मैं अकेला जाऊँगा। रात को निकल जाऊँगा। फिर सुबह घी बेचकर शाम तक वापस आ जाऊँगा।'

जसोदा, 'तुम अकेले जाओगे? तराजू तो ठीक से पकड़ना आता ही नहीं। सेठ को घी बेचोगे?'

झुनु, 'एक-दो बार तुम साथ गई हो। परिचय भी तो करा दिया। तुम्हारा परिचित मुझे कैसे ठग लेगा?'

जसोदा, 'तुम मेरे साथ आठ महीने से रह रहे हो। फिर भी ठहरे तो गँवई ही! अरे, सेठ बनिया तो कनिया बेचे देते हैं, तुम किस खेत की मूली हो?'

झुनु बड़ी जोर से हँसा। बोला, 'तुम जो बोलोगी, वहीं करूँगा। लेकिन मुझको मूली मत बनाओ। तुम साथ चलेगी न? घर पहरा के लिए किसी को बोल देंगे।'

जसोदा, 'किसको घर देखने का जिम्मा देना चाहते हो?'

'कोई भी देख देगा। एक रात की बात है।'

'ए जी, तुम गजब करते हो। सोना-चाँदी, रुपया-पैसा घर में भरा पड़ा है, उस घर की पहरेदारी किसी को भी दे दोगे?'

झुनु पसोपेश में पड़ गया। आज तक तो गाँव के लोग ही उसका घर देख रहे हैं। उन पर अविश्वास करना ठीक नहीं है। लेकिन जसोदा का कहना भी ठीक है। तभी जसोदा बोल उठी, 'ऐसा करते हैं, मैं अकेले नैहर जाती हूँ। वहाँ से माँ और पिताजी या भाई को ले आती हूँ। पिताजी और भाई दोनों ही अच्छी तरह गाड़ी हाँक लेते हैं। मेरा नैहर जाना भी हो जाएगा। तब तक एकाध कनस्तर घी और हो जाएगा।'

झुनु राजी हो गया। दूसरे दिन जसोदा गाँववालों के साथ रायपुर चली गई।

रायपुर पहुँचकर जसोदा ने अपनी माँ को बताया कि झुनु अकेला घी बेचने आना चाह रहा था। बैलगाड़ी में कनस्तर लेकर वह आता। लेकिन मैंने उसे मना कर दिया। फिर घर में सोना-चाँदी, रुपया-पैसा भरा है। किसी को ऐसे में घर पहरा करने के लिए रखना भी ठीक नहीं है। क्या पता किसका मन डोल जाए!

माँ, 'एकदम सही बात है बेटी! आखिर मेरी ही बेटी हो न! लेकिन इस बार तुमने आने में आठ माह लगा दिए। तुम भूल गई कि हमारा भी कारोबार है। यह कारोबार तुम्हारी मदद से चलता है। कैसे उस धुर देहात में तुम्हारा मन रमा? कोई भी तो तुम्हारे मन का नहीं है। किससे बोलती-बतियाती हो?'

जसोदा, 'गाँव तो गाँव ही होता है माँ, और वह तो बिहार का गाँव है। जब भी जिसको मौका मिला, हाल-चाल पूछने के लिए आ जाता है। कोई तो 'क्या पका रही हो भौजी'—कहते आती है। ऐसे में घर छोड़ना मुश्किल होता है।'

माँ, 'हालचाल पूछकर क्या कर देते हैं तुम्हारे लिए? सिर्फ पूछने आते हैं लोग, इसलिए माँ को भूल जाओगी? असल में तुम्हारा ही मन रम गया है न?'

जसोदा, 'गाँव के लोग सचमुच अच्छे होते हैं माँ? तुम इस बार चलकर देखो तो सही। मैं तो लेने ही आई हूँ।'

माँ, 'भोपाल वाले भी आए थे। लोग बता रहे थे। अच्छा हुआ कि हम नहीं थे।'

जसोदा सुनकर हतप्रभ हो गई। थोड़ी देर माँ का मुँह देखती रही कि शायद कुछ और बोले। लेकिन माँ चुप हो गई। रात को जसोदा के पिता भी घर लौटकर आ गए। उसने सिर्फ, 'बड़ी देर लगा दी'—कहा। जसोदा बोली, 'अब आ गई हूँ तो सब ठीक हो जाएगा।' रात को तीनों के बीच खूब बातचीत हुई। दूसरे दिन कस्बे में जसोदा सखियों, रिश्तेदारों और परिचितों से मिलती रही। तीसरे दिन झुनु को जसोदा ने खबर भिजवाई कि वह वापस अभी नहीं जा रही। माँ और चाचा का बेटा दोनों जाएँगे। भैया ठीक गाड़ी हाँकते हैं।

'अहर देखो, पहर देखो, बुढ़ा बंदरक नाच देखो।' चार दिनों तक झुनु सास और साले की राह देखता रहा। उसे लग रहा था कि जसोदा भी आ ही जाएगी। इतने दिनों तक उसे छोड़कर नहीं रह सकती है। उसका दिन आशा पर टिका था।

पाँचवें दिन, दोपहर को झुनु का साँकल खड़का। झुनु ने दरवाजा खोला। बाहर आकर देखा, उसकी सास और एक अनजाना आदमी खड़ा है। झुनु परिचय के लिए सास की ओर देखने लगा। सास ने कहा, 'यही जसोदा का चचेरा भाई है। सुनकर झुनु दोनों को अंदर ले आया। उनकी आवभगत की। खाना भी खिलाया। फिर इत्मिनान से उनकी आपस में बातें होने लगीं। सास ने झुनु को बताया, 'ये तुम्हारे बड़े साला लगेंगे। कानपुर में रहते हैं। इनकी खेती-बारी है और मवेशी का कारबार भी। रायपुर आया है, भेंट-मुलाकात करने के लिए। तब मैंने ही कहा, 'चल जसोदा का ससुराल भी देख लेना। अच्छा खाता-पिता परिवार है, जो काम करना है, वह भी कर देना। जसोदा पिता के साथ कुछ दिन रह लेगी।'

झुनु बोला, 'माताजी, इतने दिनों में घी के कई पीपे जमा हो गए हैं। मैं

किसन साव का बैलगाड़ी कर लेता हूँ।'

साला, 'बड़ी बैलगाड़ी कर लेंगे तो एक ही खेप में सारे पीपे ढुल जाएँगे। अभी पर्व-त्योहार का समय है। घी बिकते कितनी देर लगेगी?'

झुनु, 'सो तो ठीक है भाई साहब! पर दुकान दिखाने के लिए मुझे भी जाना पड़ेगा। अभी का मौसम दूध-दही के लिए अच्छा है। सो मैं घर भी छोड़ना नहीं चाहता। जसोदा आ जाती तो...।'

सास, 'अच्छा! तो अब कारोबार तुम मुझे बताने लगे! मेरी बेटी ने तुम्हारा काम ईमानदारी से सँभाला है, तभी तो तुम अभी ठाठ से हो। हम क्या नहीं जानते हैं कि पहले लोग तुम्हें कितना ठगते थे?'

झुनु को सास की बातें कर्णकटु लगीं। लेकिन जसोदा ने ही उसे कारोबार सिखाया है। इसे झुनु मानता है। बात कड़वी है, पर जसोदा की माँ बोल रही है, सोच वह चुप हो गया। सास का लिहाज करना उसका धर्म है।

दूसरे दिन शाम को रामबरन साव की बड़ी बैलगाड़ी ली गई। उसे पछांही बैल खींचते हैं। बस, एक ही खेप के लिए पर्याप्त पीपे हो गए। उधर साला शहर को बैलगाड़ी लेकर चला, इधर सास-दामाद दूसरे दिन का कार्यक्रम तय करने लगे। झुनु बोला, 'दिन में तो मैं जंगल चला जाऊँगा। आप घर में आराम करें। फिर बैलगाड़ी वापस आएगी तो देखी जाएगी।'

सास, 'मैं तुम्हें एक सलाह दूँगी। तुम शहर में एक दुकान खोलो। एक कमरा किराए का ले लो। हम वहाँ तुम्हारा काम देख देंगे। कभी-कभी जसोदा भी दुकान पर बैठ जाया करेगी।'

'जसोदा दुकान पर बैठेगी!' सुनकर झुनु को बहुत बुरा लगा। उसने कहा, 'इधर के गाँवों में जनाना लोग दुकान पर नहीं बैठती हैं। मेरी पत्नी दुकान पर बैठेगी तो लोग मुझ पर थूकेंगे।'

सास, 'कौन थूकेगा? थूकनेवाले का मुँह नोच लेंगे।'

झुनु, 'एक तो गाँव-जवार के विरुद्ध काम करेंगे और ऊपर से उनसे झगड़ा भी करेंगे? मैं गाँववालों से झगड़ा नहीं करूँगा।'

सास, 'तू इसे बुरा काम कहता है रे बेवकूफ! शहर जाकर देख!

जनानियाँ घोड़े पर चढ़ती हैं। कोड़ा फटकारती घोड़ा दौड़ाती हैं। शहर में जनानियाँ पुलिस का काम करती हैं।'

सास की भड़क आवाज सुनकर झुनु चुप हो गया। सच में झुनु अपने गाँव, अपने जंगल, अपने मवेशी और खेतों के अलावा क्या जानता था? दौलत जोड़ना, चालाक बनना तो जसोदा ने सिखाया है। झुनु को अपने व्यवहार पर ग्लानि हुई।

दूसरा दिन। सायंकाल बैलगाड़ी लाकर साले ने खड़ी कर दी। बैलों को खोलकर पेड़ के नीचे बाँध दिया गया। घास और पानी दिया। फिर साला स्वयं हाथ-पैर धोकर चारपाई पर लेट गया। यह उसके आराम करने का समय है। झुनु ने भी हलकी-फुलकी बातें ही कीं। आमदनी के बारे झुनु ने कुछ नहीं पूछा। साले ने भी आमदनी का ब्योरा देने के बदले चुप्पी साधे रहना ही बेहतर समझा। रात बीती। सुबह फिर झुनु जंगल चला गया। शाम को घर लौटा। उसने देखा कि घी के पीपे बैलगाड़ी पर लाद दिए गए हैं। सास भी जाने को तैयार बैठी है। झुनु को देखते ही बोली, 'हम घी लेते जा रहे हैं। बस तुम्हारी ही राह देख रही थी। चाबी थमाकर निकल जाएँगे। आओ हाथ-मुँह धोकर जलपान कर लो।' सुनकर झुनु ने अपने मवेशियों को बाँधा और हाथ-पैर धोकर बैठ गया। सास ने सामने जलपान लाकर रख दिया। झुनु ने अपने पूरे जीवन में कभी संध्या समय जलपान नहीं किया था। इस अप्रत्यशित व्यवहार से उसका मन पुलकित हो उठा। सास की खातिरदारी में झुनु ने स्नेह महसूस किया। पारिवारिक जीवन का यही रहस्य है। किस तरह लोग एक-दूसरे के लिए आदर, सेवा और स्नेह जताते हैं! आज झुनु को मालूम हुआ कि परिवार कितना प्यारा होता है। नाश्ता, खुशी और सास की सुरक्षा से झुनु की थकान मिट गई। उसकी आँखें उनींदी हो गईं। वह बिस्तर पर लेटा। धीरे-धीरे गहरी नींद के आगोश में झुनु चला गया। सास ने प्रस्थान पूर्व दामाद को जगाया नहीं। दरवाजा उढ़का दिया और बैलगाड़ी पर बैठकर रायपुर चली गई।

दूसरे दिन दोपहर तक झुनु सोता रहा। उसकी गायें रँभाने लगी। गाँव के लोगों ने रँभाना सुना तो आकर देखने लगे। दरवाजा उढ़का हुआ है और

झुनु बिस्तर पर खर्राटे भर रहा है। उन्होंने झुनु को जगाया। वह हड़बड़ाकर उठा। झुनु हैरान था कि उसे इतनी गहरी नींद कैसे आ गई! गाँववालों का उसने आभार माना कि उन्होंने उसे जगाया। पड़ोसी उसका हाथ बँटाने लगे। वे मवेशियों को खोलकर ले गए अपने ढोरों के साथ चराने के लिए। झुनु झटपट तैयार होने लगा। स्त्रियों ने आकर जसोदा के बारे में पूछा। जब जाना कि मायके गई है तो हैरान हो गई। बोलने लगीं, 'खेती-बारी समेटने का समय आ गया है, तब नैहर गई? शहरी लोगों का खेती-बारी से क्या लगाव?' एक बूढ़ी ने कहा, 'शहर की औरतें पैला और झोला पकड़कर घूमना ज्यादा पसंद करती हैं। अपनी कमाई नहीं खाना चाहती हैं न?' झुनु ऐसी टिप्पणियों से आहत हुआ। परंतु चुप रहना ही बेहतर समझा।

चार दिन बीत गए। बैलगाड़ी लेकर साला नहीं लौटा। जसोदा को गए दस दिन हो गए। वह भी नहीं लौटी। झुनु के हृदय में व्याकुलता का सागर लहराने लगा। वह सोचता, जसोदा को कुछ समाचार तो भेजना चाहिए।

इधर रामबरन साव सुबह-शाम झुनु के दरवाजे पर आकर खरी-खोटी सुना जाता। पचपन हजार का दावा ठोंकने की धमकी देता। सच भी था— पछांही बैलों का जोड़ा आठ हजार का था। रोजगार और बैलगाड़ी का अलग हिसाब। उसका गुस्सा बिल्कुल जायज है। अनहोनी की कल्पना करके डरता झुनु, रामबरन साव से डरता झुनु। आखिर रामबरन अपने बैलों और बैलगाड़ी के एवज में झुनु की सात गायों और तीन भैंसों को हाँककर ले गया। इसके बाद भी उसने झुनु को धमकी दी, 'मैं तुम्हें जेल भिजवाकर रहूँगा। धोखा देता है मुझे? मेरे बैलों को बेच डाला, बैलगाड़ी को बेच डाला।' अपने गाय-भैंसों के लिए झुनु बिलख-बिलखकर रोया।

इस नई विपत्ति से झुनु हिल गया। उसने गाँव के सभी से अपनी विपत्ति कह सुनाई। सबने उसे पंचायत बुलाने की सलाह दी। समय पर पंचायत झुनु के केस के लिए बैठी। रामबरन भी आया। गाँव के लोगों ने एकजुट होकर झुनु का पक्ष लिया। उन्होंने कहा, 'जाने दो साव जी। गाँव का आदमी है। एक बैलगाड़ी और दो बैलों के बदले तुम्हें दस दुधारू जानवर मिले हैं। उसी

से कमाओ और खाओ। इस बेचारे का तो पुरखोती धंधा डूब गया। जोरू गई सो अलग। क्या-क्या देखेगा झुनु? कुछ सब्र करो और बाकी माफ करो। तुम्हें भी इसी गाँव में रहना है, उसे भी इसी गाँव में रहना है।' रामबरन तो जमीन भी हर्जाना में हथियाना चाहता था, लेकिन गाँववालों के दबाव के कारण चुप रहा।

पंचायत में जसोदा के लिए कहा गया कि 'उसे लौट आना चाहिए। अब दशहरा भी बीत चुका है, तो गाँव के दो-चार आदमी उसे ढूँढ़ने शहर जाएँगे। झुनु स्वयं किसी को लेकर घी खरीदनेवाले सेठ-बनिया से पूछताछ करेगा। इसका यानी खोजने का खर्चा झुनु उठाएगा। लेकिन खाने के लिए चूड़ा-गुड़ अपना-अपना बाँध लेंगे। अभी झुनु पर विपत्ति आई है तो उसपर कम-से-कम बोझ लादना है। वह हमारे गाँव का आदमी है। हमें उसकी मदद करनी है। मदद को मदद जैसा ही करना है, पंचायतों के मुखिया ठुपरू बोआस और खेपा खिड़या पहान ने फैसला सुनाया।

रामबरन साव ने इस फैसले को सुना तो जलभुन गया। वह पंचों को सिखाना चाहता है। झुनु ने धोखा दिया, फिर भी पंचायतवाले उसे भला आदमी कहकर चल रहे हैं। दोष का दंड मिलना चाहिए। हरजाने के रूप में उसकी जमीन रामबरन को क्यों पंचायत नहीं देती? उसने थाने में जाकर प्राथमिकी दर्ज करा दी।

थाना-पुलिस से गाँव के लोग बेहद डरते हैं। पंचों ने झुनु को सलाह दी कि कुछ दे के बैठा देते हैं। झुनु अब इतना त्रस्त और लाचार हो गया कि जो जैसी सलाह देता, वैसा ही करने को राजी हो जाता। मध्यस्थता करनेवाले लोगों ने पुलिस से बात की। पुलिस गाँव आ धमकी। गाँव में पुलिस का आना छोटी बात है? आते ही झुनु के घर की चारपाई निकाली और पेड़ के नीचे रख दिया। थानेदार साहब उस पर बैठकर आराम करने लगे। कुछ सिपाही 'कहाँ रुपए छिपाकर रखा है झुनु?' कहते हुए घर के अंदर घुस गए। पूरा घर छान मारा। तीन पीपे में घी था, वह निकाल लिया। फिर फर्श की खुदाई करने लगे। चारपाई के नीचे की जगह ताजी खुदी मिट्टी थी। पर वहाँ खोदने

पर कुछ नहीं मिला। लेकिन पुलिस को मौका हाथ लग गया। उसने 'बीवी को मारकर दफनाया। अब पुलिस के डर से कहीं और फेंक आया है'—का दोष लगा दिया। झुनु तो खुदाई में कुछ न मिलने से पहले ही अर्द्धमृत-सा हो गया था। पुलिस के डंडे पड़ते ही बेहोश हो गया।

पुलिस के कुछ सिपाही डंडे लेकर गाँव में घूम रहे थे। उन्होंने मुरगियाँ, बत्तखें और दो उम्दा खस्सी बटोरे थे। घी मिल ही गया था। रामबरन से चावल, तेल-मसाला माँगे। फिर उसी से, उसी के घर में तर माल बना। उन्होंने पड़ताल का आनंद उठाया। रामबरन को सब करना पड़ा, क्योंकि उसी के बैल, उसी की गाड़ी गुम हुई थी। पुलिस तो उसी की जाँच के लिए आई थी। रामबरन को मेहमानों की खातिरदारी करनी पड़ी। भोज-भात के बाद पुलिस लौट गई। उन्हें वहाँ दो खस्सी, घी के पीपे और साव के घर से उम्दा अरवा चावल दक्षिणा में मिले।

पुलिस जाते-जाते झुनु को बोल गई, 'हमारा मेहनताना दो हजार रुपया है। एक सप्ताह बाद पहुँचा देना।'

रामबरन ने हाथ जोड़कर पूछा, 'हुजूर मेरा क्या होगा।'

हवलदार ने कहा, 'पहले हमारा काम हो जाए। बेकार फसर-फसर मत कर।' थानेदार ने पलटकर देखा भी नहीं।

शहर गए लोग बारह दिन बाद लौटे। उन्होंने पंचायत और झुनु को सूचना दी, 'जो साला बनकर आया था, वह दलाल था। जसोदा को उन्होंने कानपुर में बेच दिया है। अभी मिलाकर यह तीसरी बार जसोदा बिकी है। उसकी माँ और दलाल ने बैलों सहित बैलगाड़ी शक्ति बाजार में बेची। घी के पैसे भी मार लिये। घर खोद-खादकर जमा पूँजी भी चुरा ले गए। फिर कहीं भाग गए। दूर नहीं, कानपुर के आसपास ही कहीं छिपे हैं।'

झुनु ने जमीन और गाय-भैंस देकर पुलिस और रामबरन के हरजाने भरे। रामबरन को दुबारा थाना जाने की हिम्मत नहीं हुई। एफ.आई.आर. आगे आनेवाले थानेदारों के लिए दबाकर रख दिया गया। गाँववालों को झुनु को एफ.आई.आर. वापस कराना या समझौता-पत्र तैयार कराना आता ही नहीं

है। अत: फिलहाल केस ठंडे बस्ते में डाल दिया गया।

'चुपचाप आकर सो जाते हो। आज कल जमाना खराब है। कोई भी चोर-डाकू कहकर हाथ उठा सकता है।'

'मैं तो धोती भर पहना हूँ। जमीन पर सोता हूँ। किसी दूसरे के घर नहीं, आपके आँगन में सोया हूँ। किससे डरूँगा?'

'तुम इतने साल बाद कैसे सिमडेगा आए?'

'बिहान को बताऊँगा मास्टरनी। अभी थक गया हूँ। मैं एस.डी.ओ. के पास गया था। बी.डी.ओ. के पास भी गया था। थाना भी गया था। उस समय का कोई अफसर नहीं है, लेकिन दूसरे-दूसरे लोग हैं। सब मेरा घी खा के भाग गए।'

'कुछ खाए हो कि भूखे पेट सो रहे हो?'

'क्या खाऊँगा मास्टरनी? चार आना का तो ठेकान नहीं हैं।'

'उठो फिर, बोथल भात है, प्याज से खा लो। पहले बोलते न? और ये चटाई है, बिछा के सोओ, बुठलु कहीं का'। मास्टरनी के इस लाड़ भारी डाँट से झुनु प्रसन्न हुआ। वह हँसते हुए उठा। भात, नमक और प्याज खाकर भी प्रसन्न। खाने के बाद झुनु चटाई बिछाकर सो रहा।

दूसरे दिन सुबह मास्टरनी ने देखा, चटाई मोड़कर एक ओर रखी हुई है। झुनु का कहीं पता नहीं है। उसने सोचा, झुनु की तो आदत है मन जैसा चाहे वैसा करने की। चल दिया होगा अपने घर।

लेकिन आदत के विपरीत उस दिन झुनु नौ बजे के लगभग लौट आया। आकर मास्टरनी के सामने खड़ा हो गया। मास्टरनी चाय पी रही थीं। झुनु उनके सामने फर्श पर इत्मीनान से बैठते हुए बोला, 'मुझे भी चाय पिलाइए माईजी।'

'तुम कैसे लौट आए? तुम तो बिन बताए भागनेवालों में से हो?'

'रात को ही मैंने कहा था कि मैं सबकुछ बताकर जाऊँगा। आप इतनी जल्दी भूल गईं? अच्छा, चाय दे रही हैं कि नहीं?' मास्टरनी ने चाय और रोटी मँगा दी। झुनु ने रोटी उठाकर देखी और हँसने लगा। बोला, 'ई का रोटी

है माईजी? एतना नरम-नरम इससे क्या पेट भरेगा? यह तो गले से ही नीचे नहीं उतरेगा। मुँह में ही गलकर खो जाएगा।'

'नाश्ता से पेट नहीं भरता है। भात खा के जाना।'

'ठीक है माईजी। आप जैसा बोलें।'

मास्टरनी झुनु के इस अप्रत्यशित व्यवहार से हतप्रभ थीं। माँगकर खाना, पतली रोटी पर हँसना और इतनी देर तक इस जगह जमे रहना, कहीं झुनु का दिमाग गड़बड़ा तो नहीं रहा!

तभी झुनु बोला, 'जसोदा और उसके माँ-बाप जेल में हैं माईजी। रायपुर जेल में। बड़ा ठगते थे। रायपुर के रामधन पटेल को ठगा था। इतना बड़ा आदमी कैसे ठगाएगा? पकड़ लिया।'

'किसने तुम्हें बताया?' मास्टरनी ने पूछा।

'और कौन बताएगा? महादेव ही है बतानेवाला। मेरा घर-द्वार सब खत्म हो गया माईजी।'

'चलो मेहनत करोगे तो ठीक हो जाएगा सब। तुमने किसी का कुछ नहीं बिगाड़ा है।'

'वो जसोदा के असली माँ-बाप नहीं हैं। उसको गुलगुलिया लोगों से उन्होंने चुराया है। अब उसी को बेच-बेचकर खाते हैं।'

'तो तुम यहाँ कैसे आए?'

'वही तो बता रहा हूँ। मैं एस.डी.ओ., बी.डी.ओ., वकील, सिपाही सब को बताने आया था कि देखो, मुझे ठगनेवाले सब जेल में हैं! मैं बाहर हूँ!'

फिर निराशा भरे अंदाज में झुनु बोला, 'लेकिन उस समय का कोई आदमी तो है ही नहीं। इन्हें बताने से क्या फायदा? ये तो झुनु को पहचानते भी नहीं हैं।'

मास्टरनी बोली, 'ठीक है, दोषी को सजा मिलनी चाहिए और मिल रही है। अब अपना घर सँभालो। अच्छा से रहो।'

निराशा भरे चेहरे से झुनु हँसा, बोला, 'अब तो माईजी, बूढ़ा गया हूँ। चौदह बछरस केस-मुकदमा, खोजा-खोजी में बीत गया।'

'बीत गई सो बात गई झुनु। पैंतीस-तीस बरस में कोई नहीं बुढ़ाता है।'

'माईजी जा रहा हूँ। ऐसे ही आप के कुआँ जगत् में आते-जाते मेरा डेरा रहेगा। अपनी बेटी सबको, बहू सब को बता दीजिएगा। मैं आऊँगा और यहीं पर डेरा करूँगा। मुझको नहीं भगाएँगी वो।'

'आना झुनु। तुमको मेरे रहते कोई नहीं भगा सकता।'

झुनु जाने लगा। मास्टरनी उसको दूर तक जाते हुए देखती रही।

पिछले फरवरी में झुनु फिर आया। इस बार वह अकेला नहीं है। उसके साथ उसकी पत्नी गूजी भी है। वह माईजी से आशीर्वाद लेने आया है। माईजी ने रात को खाना खिलाया। उन्हें जगत् पर नहीं, बरामदे में सुलाया। सुबह चाय-नाश्ता कराया। साड़ी-धोती और सवा रुपया शगुन देकर बिदा कर दिया।

□

दुनिया रंग रंगीली बाबा

अर्जुन साव ब्रह्म मुहुर्त में प्रतिदिन गाते थे, 'दुनिया रंग रंगीली बाबा।' बच्चे उसे चिढ़ाते, 'बुढ़वा को सब रंगीने दिखता है''' हाँ जी!'

'उस बुढ़ऊ ने तुम्हें सोनपांखी कह दिया और हो गया सोने का पंख! बस दिन भर अपनी छाया देखती रहो। इसी से तुम्हें खाना मिलेगा। ऐसे घर में जाओगी कि बस चिथड़े के लिए भी तरस जाओगी' माँ ने चिढ़कर बेटी से कहा।

सोनपांखी की नानी बगल में खड़ी थी। उसने अपनी बेटी को बरजा, 'माँ होकर कुबोल बोलती है। बेटी को सरपाती है। ऐसा मत बोलना बेटी। माँ की बोली में बड़ी ताकत होती है। तुम्हारी बोली उसको लग जाएगी।'

सोनपांखी की माँ ने उत्तर दिया, 'देख तो रही हो। इतना काम पड़ा है। धान कूटना है। खाद ढोना है। लोग-बाग खाद ढोने लग गए हैं।'

नानी सिर्फ इतना बोली, 'अपना-अपना बच्चा है, अपने सँभालो।' लगभग हर गाँव में कोई-न-कोई पहाड़ी या टोंगरी है। पहाड़ी के नीचे बसे गाँव में एक टोली टोंगरी टोली या टाँगर टोली होती है। कोचेडेगा टोंगरी टोली में ठुरहू सहाय का परिवार है। परिवार में सिर्फ पाँच प्राणी हैं—ठुरहू सहाय, उसकी पत्नी, एक बेटा और दो बेटियाँ। खेती-बारी से जीवन इनका चल जाता है। माँ-बाप और बच्चे सभी गोरे हैं। लेकिन छोटी बेटी का रंग गोरा तो है ही, नाक-नक्श भी आकर्षक है।

सोनपांखी की माँ का नैहर कमतारा है। यहाँ सभी जाति के लोग हैं। पाँच

घर बनियाओं के हैं। उनके पास जीयत खेत और मझियस है। इसलिए उनका दबदबा भी है। उनकी बोली का प्रभाव पूरे गाँव पर पड़ता है, सो सोनपांखी की माँ भी जब बोलती है तो इसी तरह बोलती है।

सोनपांखी का जन्म टोंगरी टोली में हुआ है। उसके माता-पिता ने उसका नाम आशा रखा है। आशा को गोद में लेकर जब उसकी माँ कमतारा गई, वहाँ वह अपनी बेटी को दिखाने गाँव के सबसे अमीर अर्जुन साव के घर गई। रस्म अदायगी में साव की पत्नी ने एक रुपया बच्ची को दिया। अर्जुन साव ने बच्ची को आशीर्वाद देते हुए कहा, 'खिड़या घरे एतना सुंदर गोर-नार छउवा रे। बढ़ो-बढ़ो रे नतनी। सोने का पंख लगाकर पैदा हुई हो। कब उड़ जाओगी परदेश''हाँ, हम ताकते रह जाएँगे। हाँ रे सोनपांखी!' यही सोनपांखी होते-होते सोनपइत हो गई।

माँ-बाप अपने बच्चों को बहुत प्यार करते हैं। लेकिन जब कोई बाहर का आदमी किसी बच्चे की खास प्रशंसा कर दे तो माँ-बाप का सीना गर्व से दो गुना चौड़ा हो जाता है। आशा को लेकर माँ कमतारा से टोंगरी टोली लौटी। माँ ने कई जगह अर्जुन साव के दिए नाम की चर्चा की। सच में, गाँव का गंझू किसी की प्रशंसा करे, यह छोटी बात तो नहीं ही होगी। इसी प्रशंसा और स्नेह के साथ आशा ऊर्फ सोनपांखी ऊर्फ सोनमइत उर्फ सोनपइत बढ़ने लगी। कोई दिल से, कोई व्यंग्य से आशा को सोनपइत बुलाने लगे।

पाँच वर्ष की उम्र में सभी बच्चियों की तरह आशा का नाम स्कूल में लिखाया गया। उसकी माँ तेल-कंघी कर लाल रिबन से बाल बाँध देती। स्कूल की टीचर गाँव की ही थी। वह आशा को आशा नाम से नहीं पुकारती, सोनपइत पुकारती। क्लास में पहली पंक्ति में बैठाती। बड़े प्यार से उसे देखती। हर समय, हर कार्यक्रम में टीचर उसे मौका देती। वह चाहती कि आशा उर्फ सोनपइत सब समय आगे रहे। नाच-गान, खेल-कूद में आशा यानी सोनपइत भी अव्वल रहती। नतीजा यह हुआ कि आशा अन्य बच्चियों की ईर्ष्या का पात्र बन गई। बच्चियाँ उससे दूर भागतीं। कोई उसके साथ रहना और खेलना नहीं चाहती। आशा अलग-थलग पड़ गई।

आठ-नौ वर्षों की होते-होते आशा एकाकी हो गई। वह बच्चियों के साथ खेलना चाहती। लेकिन बच्चियाँ उसे देखकर राह बदल देतीं। कभी एकांत में पाकर कहतीं, 'तुम को तो टीचर आगे-आगे करती है। जाओ, उसी से खेलो ना रे।' दूसरी बच्ची झट से हाँ में हाँ मिलाकर कहती, 'हाँ रे, तुम्हीं को न प्यार करती है। हम लोगों को तो पूछती भी नहीं है।' आशा को धीरे-धीरे लगने लगा कि उसमें कुछ खास बात है। एक दिन भरी बाल्टी में उसने अपना चेहरा देखा। अपना रंग, अपना चेहरा देखकर वह अवाक् रह गई। उसे लगने लगा, सच में वह अन्य बच्चियों से भिन्न है।

आशा दूसरों से अपने को अलग मानकर चलने लगी। अन्य बच्चियों के व्यवहार से वह क्षुब्ध होती। अपनी खेलने की इच्छा को दबाकर खेल के प्रति कृत्रिम अरुचि दिखाती। सखियों और अपने बीच कलह की कल्पना करती और कभी-कभी जोर से बड़बड़ाती। चलते-चलते बार-बार अपनी परछाईं को पलटकर देखती। आशा की माँ उसकी आत्ममुग्धता को देख-देख नाराज होती। उसे डाँटती और काम पर लगाए रखना चाहती। आशा आज्ञाकारी बच्ची है। माँ जितना काम बताती, उतना चटपट कर देती। आँगन बुहारते-बुहराते भरी बाल्टी के पास पहुँचती। झाड़न रखकर पानी में अपना चेहरा देखने लगती। पानी में स्वयं को निहारते हुए तरह-तरह के मुँह बनाती और हँसती। माँ देखकर डाँटती, कहती, 'ए छाईं देखवा, काम पूरा करो।' माँ की डाँट से आशा दु:खी नहीं होती। दौड़-दौड़कर काम पूरा करने लग जाती।

कुछ समय बाद माँ ने आशा को बरतन माँजना सिखाना शुरू किया। गाँव के कुएँ के पास आशा की हमउम्र सहेलियाँ बरतन लेकर जातीं। पीतल और काँसा के बरतनों को सूखे राख से खूब मलतीं। आशा भी बरतन लेकर कुएँ के पास जाने लगी। वह बरतनों को सूखे राख से मल-मलकर चमकाती। तब तक हाथ से रगड़ती, जब तक कि उसकी परछाईं थाली में, कटोरी में, गिलास में, लोटे में न झलकती। बाल्टी में पानी भरती तो हर बार अपना प्रतिबिंब देख लेती। यह काम आशा को पसंद आया। बड़े मनोयोग से बरतन धोते देख माँ भी संतुष्ट होती।

सातवीं कक्षा तक पहुँचते-पहुँचते आशा का मन और देह सजग हुआ। स्कूल की छुट्टियों में वह नानी घर कमतारा जाने की जिद करती। वहाँ स्नान करने, कपड़े धोने, मवेशियों के पानी पिलाने और शाम बिताने के लिए पालामाड़ा नदी जाने को मिलता। यहाँ वह घंटों नदी किनारे चट्टान पर बैठकर अपनी परछाईं निहारती रहती। उसकी सहेलियाँ उसे लकड़ी ढोने के लिए जंगल ले जाना चाहतीं। पर उसे यह काम पसंद नहीं। सिर पर लकड़ी ढोने के बाद बाल अस्त-व्यस्त हो जाते। ऐसी दशा में गाँव के युवक उसे देख लेते तो वह ग्लानि में डूब जाती।

मामा आशा को बड़ा दुलार करते। उन्होंने उसे कभी आशा कहकर नहीं बुलाया। हमेशा सोनपांखी पुकारते। कभी यह कहने से नहीं चूकते, 'हमारी सोनपांखी जिस घर में जाएगी, वहाँ दीया बारने की जरूरत नहीं होगी।' दोपहर हो या शाम, कमतारा के इसकुलिया और कोलेजियार लड़के आशा से दो बोल बोलने के चक्कर में लगे रहते। पर सहेलियों से घिरी आशा शोहदों से सहज ही बच जाती। लड़कियाँ घर तक शिकायत न पहुँचा दें, इस डर से किसी ने ऐसा-वैसा कुछ कभी आशा से नहीं कहा।

गाँव के कई लड़के फौज की नौकरी करते हैं। वे जब छुट्टियों में घर आते तो एक बड़ा सा ट्रंक लेकर आते। उस ट्रंक में परिवार के लोगों के लिए तरह-तरह की चीजें होतीं। उनकी पत्नियाँ लक्स, रेक्सोना, जैसे—सुगंधित साबुन से नहातीं। अपना, बच्चों का और पति का कपड़ा सर्फ या रिन साबुन से धोतीं। सिर पर सुगंधित आँवले या केयोकार्पिन तेल लगातीं। क्रीम पाउडर भी लगातीं। पत्नियाँ सैंडल या हवाई चप्पल पहनतीं। उनके बच्चे प्रिंटेड कपड़े पहनते। फौजी की बीवी सिंथेटिक साड़ी पहनती। फौजी अपने साथ रम की बोतल लाता। जो भी उससे मिलने आते, उनका स्वागत एक पैग रम से करता। आशा को जो सबसे ज्यादा आकर्षित करता, वह था—पति-पत्नी का सज-धजकर हाट जाना। पति-पत्नी को साइकिल की कैरियर पर या सामने बैठाकर हाट ले जाता। दोनों घूम-फिरकर शाम को वापस आ जाते।

यह सब बड़ी हसरत से आशा देखती। इस कारण साधरण युवक कभी आशा को आकर्षित नहीं कर सके।

मिडिल पास करने के बाद आशा की पढ़ाई छूट गई। वह घर-गृहस्थी के काम भी सीख गई। कुटुंब भी आने लगे। भाँजी के लिए मामा को चिंता थी। भाँजी के लिए मामा ऐसा वर चाहते थे, जो उसे सजाकर रखे। गाँव में मामा का रोल भाँजा-भाँजी के विवाह में विशेष होता है। शहरों में नौकरी करनेवाले कई लड़कों के पिता विवाह का प्रस्ताव लेकर आए। मामा कभी लड़के का रंग देखकर कह देते, 'जोड़ी नहीं जमेगी।' वे एक जुमला हमेशा कहते, 'कौवे के चोंच में अनार की कली।' कभी शहर के किराए के एक कमरेवाले जीवन को दूसते। मामा ने सपने देखे थे—सोनपांखी को रानी के रूप में रखनेवाले राजकुमार के। आशा के माता-पिता परेशान थे। वे कहते, 'बहुत हुआ। बार-बार कुटुंब को लौटाना ठीक नहीं। और कुछ वर्षों के बाद आशा को ही छाँटने लगेंगे लोग। उम्र क्या इसके लिए ठहरी रहेगी?'

मामा बोलते, 'दीदी-भाटू! सुन लो। हमारी बेटी सोनपांखी है, सोनपांखी। आशा तुम्हारी बेटी है, जो आसरे में रहेगी? मेरी बेटी को तो सोने का पंख लगाकर कोई उड़ा ले जाएगा। अर्जुन गंझू बूढ़े आदमी ने इसे सोनपांखी नाम दिया है।'

दीदी कहती, 'जब कहा था, तब कहा था। अभी तो हमारी बेटी है। कुत्ते सूँघते रहते हैं। कहीं किसी तरह की दुर्घटना घट जाए तो हम कहीं के नहीं रहेंगे।'

'देख-सुनकर ही तो देना होगा। पढ़ी-लिखी है। अपना भला-बुरा समझती है।'

आशा को उन्नीसवाँ लगा। एक दिन मामा टोंगरी टोली के लिए बस पर बैठे। बगलवाली सीट पर पहले से एक फौजी जवान बैठा हुआ था। उसे बनाबीरा जाना था। बैठने के बाद थोड़ी देर तो मामा चुप रहे। जैसे ही बस खुली, उसने फौजी से पूछा, 'कहाँ जाओगे बाबू?'

'मैं बनाबीरा जाऊँगा।'

'क्या करते हो?'

'नेवी में हूँ। एक महीने की छुट्टी पर आ रहा हूँ।'

'बाल-बच्चे? साथ में नहीं हैं क्या?'

'अभी शादी नहीं हुई है।'

'क्या नाम है तुम्हारा?'

'विजय मथियस।' इतना सुनने के बाद मामा अपने बारे में स्वयं बताने लगे, 'मैं कोचेडेगा टोंगरी टोली जा रहा हूँ। वहाँ के चौकीदार मेरे भाटू हैं। तुम्हारे पिता तो उनको जरूर जानते होंगे। उधर से आनेवाले लोग प्रायः उनके घर रुकते और खैनी-तंबाकू करते हैं। नदी भर जाती है तो कोर्ट-कचहरीवाले उन्हीं के घर रुकते हैं।'

'पिताजी जानते होंगे। मैं उनके बारे नहीं जानता।'

'आजकल के लड़के नहीं जानेंगे उन्हें। काका-बड़ा लोग जानेंगे।'

मामा के धाराप्रवाह बोलने को रोकने के लिए विजय बोला, 'मैं नहीं जानता। लेकिन पिताजी जरूर जानते होंगे। मैं घर पहुँचकर उन्हें आप सब के बारे बता दूँगा।'

'कभी दुकान-दौरी के लिए आओ तो घूमते जाना' कहते हुए मामा बस से उतरने लगे। उनका ठिकाना आ गया था।

विजय बस पर बैठे-बैठे सोचता रहा, 'गजब का बकबकिया आदमी है। बिना पूछे अपने घर-परिवार के बारे बताने लगता है। देख रहा है कि उसकी बातों में मेरी रुचि नहीं है। फिर भी चुप होने का नाम नहीं लेता।'

विजय मथियस शाम ढलते अपने घर पहुँच गया। रास्ते में हुई बातों को वह भूल गया। माँ-पिता, बहन सबसे रम गया।

विजय मथियस का घर झरिया किनारे है। जीयत झरिया है। गाँव के लोगों के साथ मिलकर वे कद्दू, गेहूँ, खीरा, ककड़ी, तरबूज लगाते हैं। एक दिन खेतों में काम करते हुए विजय ने अपने पिता से पूछा, 'कोचेडेगा टोंगरी टोली के चौकीदार को आप जानते हैं?'

पिता ने कहा, 'हाँ जान-पहचान है। क्यों, क्या बात है?'

विजय, 'कोई खास बात नहीं है। मैं बस से आ रहा था, उस बस से चौकीदार का साला भी आ रहा था। उसी ने बताया कि आप चौकीदार को जानते हैं।'

'हाँ, दो-तीन बार रात गुजारने का मौका मिला है। एक बार तो कोर्ट से लौटते समय रात हो गई तो हम लोग रुक गए। दो बार नदी भर गई थी, तो कोई चारा नहीं था, सो हम रुके थे। दोनों बार खाना खिलाए थे। अच्छे आदमी हैं।'

'लेकिन साला तो बड़ा बकबकिया है। बिना पूछे अपने भाटू के बारे में बताने लगा था।'

'जान-पहचान रहने से ठीक ही रहता है। जरूरत पड़ने पर काम देता है।'

'फौज में ऐसा नहीं करने को सिखाया जाता है। मैं तो ऊब गया था।'

यही परिचय आगे चलकर विजय मथियस और आशा के विवाह में बदल गया। दो परिवारों की रिश्तेदारी मजबूत हुई। आशा की मनोकामना पूरी हुई। विजय छुट्टियों में घर आता। आशा को आशा के अनुरूप सुगंधित तेल, साबुन, क्रीम-पाउडर, सैंडिल, रंगीन कपड़े सब मिले। विजय हाट के दिन साइकिल में आशा को बैठाकर घुमाने ले जाता। समय पर उनकी दो संतानें हुईं। उनके मनोरंजन के लिए विजय ने एक लोकल मेड टी.वी. खरीद दिया। बैटरी का भी जुगाड़ कर दिया। जीवन की गाड़ी धड़-धड़ सड़क पर दौड़ने लगी।

आशा विजय की हर इच्छा का पालन करती। विजय भी सुखी था। माता-पिता के साथ आशा अदब से पेश आती। उनके सुख-सुविधा का खयाल रखती। घर-गृहस्थी में वह निपुण थी। कुछ समय बाद सास की मृत्यु हो गई। आशा ने दोनों बच्चों को ससुर को सौंप दिया। उन्हें एकाकी नहीं छोड़ा। बच्चों के कारण ससुर को अकेलापन महसूस ही नहीं हुआ।

विजय आशा के प्यार से अभिभूत था। वह उसे कहता, 'तुम मेरी आशा हो। लेकिन तुम्हारा सोनपांखी नाम भी एकदम सही है।'

आशा, 'सो कैसे? मुझ को बहलाते हो और कुछ नहीं।'

विजय, 'नहीं रे। सच मानो। मेरे घर को तुम इतना अच्छा चला रही हो कि मुझे कोई चिंता ही नहीं। पिताजी भी खुश हैं। वे दुःखी होते तो मैं बड़ा बेचैन होता। तुम तो हवाई जहाज को सोने के पंख से उड़ा रही हो।'

विजय की बातें सुनकर आशा सुख पाती। घर धन-दौलत से भरने लगा। बच्चे बड़े होने लगे। समय पंख लगाकर उड़ रहा था। परिश्रम आशा को प्रभावित करने लगा।

ऐसे ही एक छुट्टी में विजय घर आया। आशा का मन पुलकित हो उठा। विजय ने उसे समेटते हुए कहा, 'तुम मेरी आशा ही बनी रहो। सोनपांखी नाम भूल जाओ। अब बच्चे बड़े हो रहे हैं न! मुझसे तो संतुष्ट हो न?' आशा शरमाई। उसने मुसकराकर हाँ में सिर हिला दिया। आशा के समर्पण से विजय संतुष्ट हो गया।

वह आशा को समझाता, 'अब हमारा जीवन बच्चों के लिए है। उन्हें पढ़ाना है। दुनिया के लायक बनाना है। हम खूब मेहनत कर पैसा कमाएँगे।' बच्चों की हर इच्छा पूरी करेंगे।' काम, जिम्मेदारी का हवाला देकर विजय आशा की इच्छाओं को दबा देता। वह अपनी पोस्टिंग की जगह छुट्टी बिताने या देश देखने के बहाने भी परिवार को कभी नहीं ले गया।

आशा को दुनिया के बारे में बताता। पर्यावरण और ग्लोबल वार्मिंग के बारे बताता, 'जगत् का पानी सूख रहा है। पेड़ों के कटने से वर्षा नहीं हो रही है। धरती का तापमान हर साल बढ़ता जा रहा है। उद्योगों के कारण अब लोग शहरों की ओर भाग रहे हैं। लेकिन हम अपने साफ-सुथरे गाँव को कभी नहीं छोड़ेंगे। यहीं रहेंगे।'

विजय सालाना छुट्टी में आता। अपने झरिया किनारे के खेतों में परिवार के सदस्यों के साथ जाकर काम करता। गरमियों में दिन में खेत की रखवाली करता। जामुन पेड़ के नीचे उसने एक कमरा बना लिया था। आराम करने के लिए एक चारपाई रख ली थी। पीने का पानी सुराही में रखता। एक गिलास भी रख लिया था। रात में पिता खेत अगोरते, सो हलका बिस्तर भी लगा रहता था।

खेतों की पैदावार हाट के दिन सब मिलकर तोड़ते। हाट में बेचने की जिम्मेदारी आशा की थी। विजय ने आशा से कभी नहीं पूछा कि सब्जी के, खरबूजे के कितने पैसे मिले? आशा ही शिकायत करती, 'कभी मुझसे पूछो भी तो कि कितनी आमदनी हुई? कितने पैसे खर्च किए, कितने बचाए?' विजय हँसकर बात टाल देता। कहता, 'तुम पैसे लेकर क्या करोगी? घर के लिए ही खर्च करोगी। घर तो तुम्हारा ही है न! मैं तो मेहमान हूँ।' आशा इस प्रशंसा से खिल-खिल जाती। छुट्टियाँ समाप्त होने पर विजय लौट जाता।

इस बार विजय मथियस को गरमियों में दो महीने की छुट्टी मिली। घर पहुँचकर विजय ने आराम किया। शाम को आशा विजय को झरिया किनारे के खेत दिखाने ले गई। वह बहुत प्रसन्न है।

विजय को बताने लगी, 'गरमी बेहद बढ़ गई है। सब्जी बहुत कम लोगों ने लगाई है। पानी ही कहीं नहीं है। तरबूज का दाम भी चढ़ा हुआ है। हम इस बार पैसा कमाएँगे। मैं इस पैसे को खर्च नहीं करूँगी। दशहरे में बच्चों को शहर का दशहरा दिखाने ले जाऊँगी।'

विजय हँसा। उसने कहा, 'तुम्हारी जो इच्छा हो! सो करो। तुम्हें रोकनेवाला यहाँ कोई नहीं है। मैं तो कभी मना नहीं करूँगा।'

'तुम इतने सीधे क्यों हो? मुझे बहुत मानते हो न।'

'तो मैं क्यों अविश्वास करूँ तुम पर? तुम भी तो मेरी हर बात मानती हो। विश्वास करती हो तभी न!'

'मैं सोनपांखी हूँ। देखना एक दिन उड़ जाऊँगी और कभी नहीं लौटूँगी। समझे?'

सुनकर विजय ने पूरे उत्साह से आशा को अपनी बाँहों में समेट लिया और बोला, 'अरे मेरी सोनपांखी, कहाँ उड़ेगी? उसका आसमान तो मैं ही हूँ। मैंने तो उसके दोनों पंख कुतर दिए हैं। बच्चों के बिना तुम कहीं रह पाओगी?'

सुनकर आशा का दिल पुलक उठा। 'इतना सुखी परिवार किसी अन्य का नहीं हो सकता। विश्वास पर विवाह टिका है। विश्वास और प्रेम पर

परिवार टिका है। मैं इसे छोड़ ही नहीं सकती। छोड़ने की जरूरत ही क्या है?' आशा संतोष से भरी थी। विजय और आशा मधुर सपनों में खो गए।

विजय की पुरानी दिनचर्या शुरू हो गई। पिता की मदद करता। घर में पत्नी की मदद करता। हर किसी की जरूरत पर ध्यान देता। भरसक सभी के काम आने की कोशिश करता। यह सब देख आशा यानी सोनपांखी आँगन में, खेत में चहकती रहती।

जेठ का दूसरा पक्ष समाप्त होनेवाला था। दोपहर में लोग डोरी, कुसुम आदि झाड़ते और दलकर सुखाने में व्यस्त हो गए। कुछ लोगों के साथ विजय भी दिन में खेत अगोरने में लगा रहता। उस दिन ढाई बजे के आसपास भंडार कोना से तूफान उठा। पूरा आसमान धूल और गर्द से पट गया। तेज आँधी चलने लगी। पेड़ उखड़े, डालियाँ टूटीं। लोगों के खपरैल छत उड़ गए। इसके साथ ही तेज वर्षा ने रही-सही कसर पूरी कर दी। तेज वर्षा झटास मारने लगी। लोग घरों में छिप गए, क्योंकि आजकल वर्षा के साथ वज्रपात भी होता है। विजय भी अपने खेतवाले कमरे में बंद हो गया। लेकिन इस तेज आँधी में जामुन का बूढ़ा पेड़ उखड़ गया। उखड़कर घर के ऊपर गिरा। पल में प्रलय हो गया।

आधे घंटे तक कहर ढाने के बाद आँधी-पानी रुक-थम गया। लोग नुकसान का जायजा लेने घरों से बाहर निकले। उन्होंने देखा, बूढ़ा जामुन का पेड़ ढह गया है। वह घर के ऊपर गिर पड़ा है। मकान पेड़ के बोझ से मलबे में बदल गया है। लोगों ने विजय को आसपास देखा। वह कहीं दिखाई नहीं दिया। वे अनहोनी की होनी समझ गए। तुरंत लोग कुल्हाड़ी, कुदाल, टोकरी आदि लेकर जमा हो गए। वे पेड़ के धड़ को, डालियों को काटकर घर के ऊपर से हटाने लगे। कुछ लोग विजय के पिता को और आशा को सूचना देने भागे। आशा ने कुछ सुना, कुछ समझा। वह सिर पर पल्लू देकर विलाप करती हुई खेत की ओर दौड़ने लगी। उसके रुदन को सुनकर अन्य लोगों की आँखें झर-झर आँसू बहाने लगीं।

आशा विलाप कर रही थी, 'ओहरे संगी, क्यों मैं तुम्हारे साथ खेत

अगोरने नहीं आई ? साथ-साथ मैं भी चली जाती। तुम मुझे क्यों अकेले छोड़ गए रे संगी···आ···आ···आ'। साथ चलनेवाले लड़के भी दौड़ रहे थे। वे उसे चुप कराने की कोशिश में स्वयं भी रुँआसे हो जाते, 'क्यों रूठकर चले गए··· कम-से-कम एक घूँट पानी तो पी लेते। पानी भी नहीं माँगा रे संगी···इतने बेरुखी क्यों हो गए ?···आं···आं···आ।'

आशा विलाप करती पहुँची। लोग छोटी डालियों को लगभग काटकर अलग कर चुके थे। बड़ा धड़ बाकी था। उसे हटाना मुश्किल था। परंतु काटना जारी था। गाँव के सारे लोग मिलकर ही उसे हटा सकते थे। आशा बोलने लगी, 'धीरे काटना बुचू अकुब और अंजोर। किसी जगह चोट न लग जाए। फिर बिलखना शुरू कर देती। बच्चे और पिता पहुँच गए। उन्हें देख जोर-जोर से बिलखने लगी, 'देख नी रे आबा क्या कसूर हम लोगों ने किया था, जो हमें अकेले छोड़कर भाग गए ? बाप छऊआ को पोसने के बदले बूढ़ा बाप को भार दे गए। देख रे राजा···तुम्हारे बच्चे टुकुर-टुकुर ताक रहे हैं···एक बार तो मुझे बुलाओ···देखो···तुम्हारी सोनपांखी कैसे तड़प रही है··· ? बच्चों को दोनों बाँहों से समेटकर कहती, 'बुलाओ बेटा बाप को···सुनो बेटा, बाप को···वह तुम्हें बुला रहे हैं।'

विजय के पिता अलग कराह रहे थे, 'मैं बूढ़ा आदमी अगोरने के बदले तुम्हें भेजता रहा बेटा। तुम छुट्टी पर थे। तुम बच्चों के साथ घर पर रहते। मैं ही बेईमान हुआ बेटा। अपने सुख के लिए जवान बेटा को बुड़ा दिया, बुर्जुग पिता को सँभाल रहे थे। वहाँ पर गाँव की स्त्रियाँ भी आ पहुँचीं। उन्हें देख आशा और जोर से रोने लगी। गाँव में जैसाकि होता है, वे स्त्रियाँ भी सिर पीट-पीटकर रोने में साथ देने लगीं। बड़ा हृदय विदारक दृश्य था। सब विजय की तारीफ कर रहे थे, 'इतना होनहार जवान बेटा चला गया। बालकों की और घर की चिंता में घुलता रहता था। इसीलिए छुट्टी में आया था क्या ? आँधी-पानी को आज ही आना था क्या ?'

पेड़ का धड़ भी हटा दिया गया। अब मलबा साफ करना था। दीया-बाती का समय हो गया। लोगों ने एक पेट्रोमेक्स का जुगाड़ कर लिया। लोग

व्याकुल थे, पता नहीं कैसा वीभत्स नजारा देखने को मिले! लोग कुदाल से खपरैल छत को हटाने लगे। आशा, जो शांत हो रही थी, फिर रोने लगी, 'ओहरे सोना, तुम्हारी जगह मैं ही मर जाती तो अच्छा था। मैं कैसे इन बच्चों को पालूँगी? मैं जाती, तो तुम तो पाल लेते। मेरे पास तो एक कौड़ी भी नहीं है। अपने टुअर बच्चों को देख तो···', फिर हिदायत देने लगी, 'ठीक से देखके कुदाल चलाना बाबू···। कहीं पुटकी साँस भी बची हो तो एक बार आँख खोलकर देख लेंगे। एक घूँट पानी तो पी लेंगे···हूँ···उं···उं।' अनदेखे विश्वास की कल्पना कर दहल जाती आशा और बोलती, 'प्यासे मत जा संगी···एक घूँट पानी पी के जाना। हायरे सोइंयाँ··· कहाँ-कहाँ प्यास से भटकते रहोगे! मत भटको, तुम्हारे बच्चे हैं। इन्हें छोड़ दो, तंग मत करो।'

रात हो गई। झरिया किनारे पेट्रोमेक्स की रोशनी में मलबा साफ करते लोगों की परछाईं नाचते-गाते प्रेत जैसी लग रही थी। पूरा वातावरण गमगीन था। आशा का विलाप बीच-बीच में सुनाई पड़ता। दूर के टोलों के कुत्ते बीच-बीच में भूँक उठते। कभी विजय का पिता बड़बड़ा उठता, 'मैं ही बेईमान हो गया बेटा। मैं घर में आराम से बैठा रहा। तुम्हें खेत अगोरने भेजा।' बुजुर्ग उन्हें सँभालते। जब कुदाल और कुल्हाड़ी का काम खत्म हो गया, लोग हाथों से मिट्टी हटाने लगे। सिर की तरफ का मलबा साफ करते हुए लोगों को कुछ चमकती चीजें दिखाई दीं। उन्होंने हाथ से उठाकर देखा, वे लाल और हरे रंग की चूड़ियों के टुकड़े थे।

पैरों की तरफ की मिट्टी हटाई गई। पैरों की हड्डियाँ पूरी तरह टुकड़ों में खून से सनी थीं। लोगों को तीन पंजे मिले। सफाई करनेवालों ने काम रोक दिया। सभी लोग उन पंजों को देखने के लिए टूट पड़े। वे आपस में सवालिया निगाहों से एक-दूसरे को देखने लगे। पर किसी ने कुछ नहीं कहा। आशा ने भी झुककर देखा। तब उसकी नजरें ससुर के चेहरे की ओर घूमीं। ससुर स्वयं विस्मित थे। उनकी नजरें झुक गईं। लेकिन दोनों की आँखों से अविरल आँसू बह रहे थे। पैर इतने लिजलिजे हो गए थे कि सफाई करनेवालों से फिर नहीं हुआ।

सिर की ओर का मलबा लगभग साफ हो गया। वहाँ दो सिर मिले। चेहरा और सिर पूरी तरह कुचल गया था। एक सिर में छोटे बाल थे। दूसरे सिर के केश लंबे पर खून से लिथड़े हुए थे। मलबा साफ करनेवालों के हाथ रुक गए। इतनी देर के बाद उन युवकों के चेहरे में मुसकान पलभर के लिए झलकी और ओझल हो गई। चेहरे पहचान में नहीं आ रहे थे।

आशा का रुदन थम चुका था। वह स्तब्ध फटी-फटी आँखों से शवों को देखे जा रही थी। फिर उसने बड़बड़ाना शुरू किया, 'पोगेइरढाहा कहीं का! इसीलिए तुम यहाँ आते थे? यही कमाते थे? आज भूती मिल गया।' फिर वह चुपचाप शवों को देखने लगी। आँखों का रंग बदलने लगा। कुछ पल पहले तक, जो आँखें दयनीय दिखाई दे रही थीं, उनसे अब चिनगारी छूटने लगी। एकाएक आशा ने पैर पटके और 'कुछ भी करो', कहती हुई घर चल दी।

आशा उर्फ सोनपांखी के पंख टूट चुके थे। पर वह मन को जीत चुकी थी। □

पगहा जोरी-जोरी रे घाटो

जमादोहर गिरजा टोली का स्कूल घर चट्टान पर बना है। बीस वर्ष पहले तक इस स्कूल में तीन-चार कोस दूर से बच्चे पढ़ने आते थे। स्कूल के चारों ओर भदरा जैसा था। उसी के आसपास सीध, कोरोय, भड़अ और केन्दू के पेड़ भरे पड़े थे। गाँव के बच्चे स्कूल के निकट ही गाय-बकरी चराने के लिए लाते थे। एक ही बोखा मास्टर थे। वे पहली से तीसरी क्लास को एक साथ पढ़ाते थे। उनका असली नाम तो इलियास था। लेकिन उनके सारे दाँत झड़ चुके थे। इसलिए बच्चे उन्हें 'बोखा मास्टर' कहते थे। स्कूल भी क्या था—एक बड़ा कमरा, जिसमें एक दरवाजा और चार खिड़कियाँ थीं।

काटुकोना, तिर्रा, कसाईदोहर, तिलगा, डोंगा टोली तक के बच्चे आते थे पढ़ने। उन दिनों शिक्षक-शिक्षिकाओं का बड़ा सम्मान था। बच्चों में तो क्या, गाँव-जवार में शिक्षकों की इज्जत थी। स्कूल के बाहर वे गाँव के शुभेच्छु होते थे। इसलिए शिक्षक किसी बच्चे की शिकायत अभिभावक से कर दें तो उसकी खैर नहीं थी। ऐसे भी बिना सख्ती किए ही बच्चे अनुशासित रहते थे। हाँ, खेल पीरियड में बच्चे बाहर खूब हल्ला-गुल्ला करते। स्कूल में गणित, हिंदी और भूगोल पढ़ाया जाता था। पहाड़े और कविताएँ रटा दी जाती थीं। हिंदी की कविताएँ अहिंदीभाषियों के मुख से सुनना अच्छा लगता था। विद्यार्थी रास्ते में पहाड़ा या कविता चिल्ला-चिल्लाकर बोलते थे। एक कविता उन्हें ज्यादा पसंद थी शायद, इसलिए वे पाठ करते—

'उठो लाल आँखों को खोलो,
पानी लाई हूँ मुँह धो लो।
पिंजड़े में तोता कहता,
अरे कौन अब तक सोता।'

बच्चों की अल्हड़ता चरवाहों को आकर्षित करती थी। इसलिए स्कूल शुरू होने से पहले ही चरवाहे अपने जानवरों को लेकर मदरा में छोड़ देते और खेलते रहते। स्कूल जैसे ही आरंभ होता, वे अपनी-अपनी जगह लेने को तत्पर हो जाते। प्रार्थना के समय विद्यार्थी पंक्ति में खड़े होकर हाथ जोड़कर गाते—

'हे प्रभु आनंददाता
ज्ञान हमको दीजिए।
लीजिए हमको शरण में,
हम सदाचारी बनें।'

सुन-सुनकर चरवाहों ने भी प्रार्थना याद कर ली थी। सो दूर जाकर वे भी प्रार्थना की पंक्तियों को दुहराते। जब विद्यार्थी कक्षाओं में बैठ जाते, तब चरवाहे बच्चे भी दरवाजे और खिड़कियों के पीछे अपनी-अपनी जगह लेकर खड़े होते या बैठ जाते। वे मास्टरजी को पढ़ाते हुए ध्यान से सुनते थे। इसी ताक-झाँक में अंदर और बाहर के बच्चों की आँखें मिल जातीं तो हँस पड़ते। मास्टरजी की नजर पड़ जाती तो छात्रों पर हलकी छड़ी पड़ ही जाती। झाँकनेवाले बच्चों को हड़काते, 'भागो बेवकूफों, प्रतिदिन यहीं चराने लाते हो। मन है तो माँ-बाप को बोलो, तुम्हें स्कूल भेजेंगे।' वे छड़ी घुमाते खिड़की तक जाते, तब तक बच्चे भाग खड़े होते।

दया का स्थान निश्चित था। वह ब्लैक बोर्ड के सामने पड़नेवाली खिड़की के पीछे खड़ी हो जाती। वहाँ से मास्टरजी क्या लिखते हैं, और कैसे लिखते हैं, उसे बड़े मनोयोग से देखती। वहाँ खड़े होने का दूसरा लाभ यह था कि दया की तरफ मास्टरजी की पीठ पड़ती थी। अतः उसे मास्टरजी हड़का नहीं पाते थे। हाँ, कभी-कभी दूसरे बच्चे आते तो झाँकने के लिए

धक्कम-धुक्की होती। लेकिन मास्टरजी तक आवाज पहुँचे, उससे पहले ही वे झुककर छिप जाते।

स्कूल में खेल का पीरियड होता है। यह पीरियड बच्चों के लिए सबसे आनंददायक होता। मैदान में छुवा-छुवी, बाघ और बकरी, कबड्डी तथा लोका गोटी खेलते। इसमें चरवाहे भी शामिल हो जाते। चरवाहे बच्चे दौड़ने में, पटकने में छात्रों से आगे रहते। इसलिए मारपीट, टाँग पकड़कर खींचना, रोना और गाली-गलौज भी होता रहता। लेकिन सिर्फ इसी डर से चरवाहों ने वहाँ मवेशी चराना कभी नहीं छोड़ा। इसके उलट ताकतवर चरवाहे को कबड्डी में, गेंद खेलने में हर दल अपने साथ रखना चाहता। इसके लिए वे अंटा, गोटी आदि देकर दोस्ती बनाते। चरवाहे बच्चों को दोस्तों के साथ-साथ मुफ्त में कविता और पहाड़े सीखने को मिल रहे थे। लेकिन पढ़ना उनका लक्ष्य नहीं था। सो वे बीच-बीच में अपने मवेशी दूसरी तरफ भी ले जाते थे।

परंतु दया पूरे चरवाही काल में वहीं स्कूल के पीछे डटी रही। एक दिन खिड़की से झाँकने में मगन हो गई। उसके मवेशी खेत में घुस गए। गेंदो बूढ़ा का खेत था। बड़ा खच्चड़ बूढ़ा। दौड़कर खेत में पहुँचा और डंडे से मवेशियों को दौड़ा-दौड़ाकर मारने लगा। मारते-पीटते वह स्कूल अहाते में पहुँचा। वह चीख रहा था, 'किसके बैल हैं? कौन चरवाहा है? आज मैं उसके पैर तोड़कर रहूँगा। बदमाश राड़ लोग...।' गेंदो बूढ़ा को यों तो बच्चे 'आजा' कहते थे, पर उस दिन उसका रौद्र रूप देखकर भाग गए। उन्होंने ही बता दिया कि दया के मवेशी हैं। वह तो उन्हें खेत में छोड़ देती है। आप जाकर खिड़की के पास खड़ी रहती है।

दया बिल्कुल मगन होकर मास्टरजी की लिखाई देख रही थी। गेंदो आजा ने चार सोंटी उसे लगाए तो वह दौड़ने लगी। दया जोर-जोर से रोती भी जा रही थी। दया के रोने से क्लास में व्यवधान पड़ा। जैसा होता है, लड़के उठ-उठकर झाँकने लगे। कुछ 'बाहर छुट्टी' माँगकर बाहर निकल आए। तब तक गेंदो आजा अपना रास्ता नापने लगे थे। मास्टर बोले, 'तुम भी दया रोज यहीं चराने लाती हो। कल से दूसरी तरफ ले जाना। पढ़ने तो आती नहीं

हो। पढ़ाई में खलल डालती हो। मत लाना कल से इधर चराने। ले जाओ, ले जाओ अपने बैलों को।' मास्टरजी डाँटने के बाद कक्षा में चले गए।

उसी स्कूल की तीसरी कक्षा में दया का बड़ा भाई और दोनों छोटे भाई लिटिया और पहली कक्षा में पढ़ते थे। ज़ब दया पिट रही थी तो बड़े भाई को शर्म आ रही थी। क्योंकि लड़के उस वक्त दया के बड़े भाई की हँसी उड़ा रहे थे। स्कूल समाप्त होने के बाद वे घर गए। वहाँ उन्होंने अपनी माँ को दया के बारे में आज की पूरी घटना बता दी और तीनों शाम को लालटेन लेकर पढ़ने बैठ गए।

दया ने शाम को मवेशियों को बाँधा। इसके बाद घर के काम में माँ की मदद की। उसकी माँ बड़े प्रेम से बोलने लगी, 'बढ़िया से धान उसना-बरकाना सीखो बेटी। तुम्हारी सास तुम्हें बहुत प्यार करेगी, लेकिन दया अपने पढ़ रहे भाइयों के पीछे जाकर खड़ी हो गई। उसके भाई चिल्लाने लगे, 'देखो माँ, काम के डर से दया, इधर आकर खड़ी हो गई है। कोढ़नी कहीं की!' दया ने इसका कोई जवाब नहीं दिया। चुपचाप आकर काम में जुट गई।

वर्ष बीता। बड़ा भाई लोअर पास करके दूसरे स्कूल में चला गया। छोटा भाई लिटिया पहली और मझला भाई दूसरी कक्षा में पढ़ने लगे। तभी पता नहीं दया को भी कौन सी धुन सवार हो गई। जनवरी का महीना था। कड़ाके की ठंढ पड़ रही थी, लेकिन दया के माता-पिता का पसीना छूट रहा था। कारण दोनों भार से और सिर पर धान ढोकर बाजार बेचने ले जाते थे, क्योंकि उन्हें तीनों बेटों के लिए नई पुस्तकें और कापियाँ लेने के लिए पैसों की जरूरत थी। दया भी प्रति शाम अपनी माँ को कहने लगी, 'मैं भी पढ़ूँगी'। जब-तब दया इसी की रट लगाने लगी।

एक दिन दया के माँ-बाप किताबें खरीदकर लौटे। शाम हो गई थी। दया की माँ सुफिया दालान में सुस्ताने को बैठी। रसोई में दया खाना बना रही थी। वह माँ के पास आकर बैठ गई। बोली, 'मेरा भी नाम स्कूल में लिखा दो। अपने बेटों को तो पढ़ाती हो। मुझसे सारा काम कराती हो।' माँ बोली, 'पढ़के क्या करोगी। विवाह होगा तो ससुराल में भी चूल्हा फूँकोगी। काम

सीखो बेटी। सिखलाही बहू को सास भी प्यार नहीं करती है। सास को तो कमनी बहू चाहिए। पागल मत बनो।'

पता नहीं चुप रहनेवाली दया पर जिद कैसे सवार हो गई! उस शाम के बाद दया ने माँ की शांति भंग कर दी। कभी दया कहती, 'बेटों को पढ़ा रही है। एक गिलास पानी तक नहीं पिलाते हैं, उनको पढ़ा रही है।' कभी माँ पैर दबाने को कहती, बेटी तुरंत कहती, 'अपने बेटों से दबावाओ...। कभी दया कहती, 'मेरा विवाह हो जाएगा तो इस घर के दरवाजे पर दोबारा पैर नहीं रखूँगी।'

जनवरी माह बीतनेवाला था। लेकिन दया को स्कूल भेजने के नाम पर माँ-बाप चुप्पी साधे हुए थे। पर दया ने दबाव बनाए रखा था। माघ मेला जाने की तैयारी पूरी हो चुकी थी। दया की सखियाँ भी जतरा की तैयारी कर चुकी थीं। उन्होंने दया से चलने को कहा, पर उसने इनकार कर दिया। उसने उनके साथ बोल-चाल बंद कर दी। वह उनसे दूरी बनाकर रहने लगी। आखिर दया की सखियों ने माँ सुफिया से पूछ ही लिया, 'हाँ काकी, दया हम लोगों से क्यों बात नहीं करती है? हमने तो उसको कुछ भी नहीं कहा है?'

सुफिया काकी बोली, 'पता नहीं बेटी, आजकल किसी से नहीं बोलती है। जाने दो, कितने दिनों तक नहीं बोलेगी?'

सुफिया को अच्छा नहीं लगा कि घर की बात बाहर जाने लगी है। उस दिन शाम होते ही बादल छा गया। माघ ढुंढुर। ठंढ बढ़ गई।

बूँदे पड़ने लगीं। माँ ने दया को खूब फटकारा। कहा, 'आखिर और लड़कियाँ भी तो स्कूल नहीं जाती हैं! लेकिन घर में हँसी-खुशी से रहती हैं।'

दया, 'हाँ, लेकिन तुम तो अपने बेटों को स्कूल भेजती हो।'

माँ, 'तुम बेटा होती, तो तुमको भी भेजती।'

यह सुनकर दया को गुस्सा आ गया। बोली, 'तुम तब भी मुझे नहीं भेजती। मुझे चरवाही के लिए ही भेजती। तुम मुझे प्यार नहीं करती हो।' दया यह सब बोलते हुए उठी। पीढ़े को लात मारी। सूप को पटका और लोटे को लात मारकर सीधे बिस्तर पर चली गई। और वह मुँह ढँककर सो गई। दया

की माँ ने उस रात अपने पति मनुवेल को सारी बातें बताईं।

सुबह हुई। सब अपने-अपने काम में लग गए। कलेवा के समय पिता ने दया से कहा, 'बेटी, इस वर्ष तो नहीं, लेकिन अगले वर्ष मैं जरूर तुम्हारा नाम स्कूल में लिखा दूँगा। माघ बीत गया। धांगर भी नहीं खोज सका। इस वर्ष भर तुम चरवाही करो। तब तक शायद धाँगर मिल जाएँगे।'

दया रोने लगी। रोते-रोते बोली, 'तो मुझे धाँगर बना रहे हो?'

पिता, 'नहीं। मैं तो तुम्हारे नाम खेत लिख देता।'

दया, 'मैं तुम्हारा दिया खेत भी नहीं लूँगी।' पिता, 'गहिरन खेत लिख दूँगा। चालीस काठ धान होता है, उसे लिख दूँगा।'

दया, 'मुझे स्कूल जाना है, बाबा मैं पढ़ना चाहती हूँ।'

पिता, 'ठीक है बेटी। मैं तुम्हें समझा नहीं सकता। तुम स्कूल ही जाना। लेकिन अगले वर्ष ही जा सकोगी। अब खुश?' आकाश शाम तक साफ हो गया था। सूरज फूलकर डूब रहा था। यानी कल सूरज निकलेगा। दया थोड़ा सा मुसकराई और मन से काम में जुट गई।

वर्षा ऋतु आई। दया फिर मवेशी लेकर स्कूल अहाते में ही पहुँचने लगी। उसने उत्तर दिशा की खिड़की पर अपना अधिकार जमा लिया। सुन-सुनकर सौ तक गिनती सीख ली। पहाड़े याद कर लिये। अन्य चरवाहे भी उसके साथ सीखने लगे। वे सारे लोग जहाँ-तहाँ कविता बोलते, पहाड़े बोलते। पर एक फर्क था। अन्य लोग कान से सुनकर सीख रहे थे, दया बोर्ड में लिखते हुए देखती और मैदान में बालू पर अपने चरवाही डंडे से लिखती। अक्षर बालू में सुंदर उभरते। इससे वह और प्रसन्न होती। कभी-कभी अकेले चराने लाती, तब पूरा मैदान उसका अपना होता। वह मैदान में गिनती, पहाड़ा, वर्णमाला लिख-लिखकर भर देती।

दिन गुजरते देर नहीं लगती। वर्ष अपने अंतिम छोर पर पहुँच रहा था। शरद ऋतु आ गई थी। खेत के धान सुनहले हो चुके थे। ठंढ पड़ने लगी थी। खेतों में कटाई-ढुलाई में लोग लगे थे। बच्चों की वार्षिक परीक्षा सामने थी। बच्चे उत्तीर्ण होने के लिए मनोयोग से पढ़ रहे थे। ठीक वैसे ही जैसे कबूतरों

का झुंड गिरह मारकर खेतों में चुगने के लिए उतर रहा था। दोपहर ढलने लगी थी। तभी ऊँचे आकाश में उड़ते पक्षियों की लंबी कतार दिखी। पक्षी दक्षिण की ओर उड़ रहे थे। काँ-को के शोर से आसमान आंदोलित था। चरवाहे बच्चों ने आवाज सुनी। एकाएक वे चिल्लाने लगे, 'पगहा जोरी-जोरी रे। घा···टो संखो किनारे, कोइलो किनारे उतरेले घा-टो।' बार-बार बच्चे दुहरा रहे थे। कुछ बच्चे चिल्लाते हुए दौड़-दौड़कर घासों की सात गेंठ लगाने की कोशिश करते रहे। एक साँस में सात गेंठ लगाना था न। तभी तो घाटो वहाँ आकाश में चक्कर काटेंगे! नहीं तो वे उड़कर दूर चले जाएँगे।

चरवाहों की आवाज सुनकर अंदर के बच्चे उसुड़-फुसुड़ होने लगे। कुछ खड़े होकर बाहर ताकने लगे। कुछ बिना अनुमति के बाहर निकल गए। वे चरवाहों के साथ मिलकर, 'पगहा जोरी-जोरी रे घा-टो' गाने लगे। बड़े लड़के लघुशंका के बहाने बाहर आ गए। पूरा मैदान शोर से भर गया। स्कूल का अनुशासन समाप्त हो गया। मास्टरजी क्रोध के मारे आपे से बाहर हो गए। वे छड़ी लेकर बाहर निकले और चरवाहों पर, विद्यार्थियों पर पिल पड़े।

इधर मास्टरजी के क्लास से बाहर निकलते ही बाकी बचे हुए बच्चे भी बाहर आ गए। मास्टरजी दौड़ा-दौड़ाकर पीट रहे थे। जो भी सामने आया, चरवाहा, मवेशी, छात्रा—सब पिटे। लेकिन आज की पिटाई ने बच्चों को आह्लादित किया। जिस पर छड़ी पड़ती, भागता, मैदान में लोटता, किलकारी मारता, लोटपोट होता। पिटते ही पैरों को, बाँहों को सहलाते हुए वे मैदान में दौड़ पड़ते। वे कक्षा में नहीं जा रहे थे। मास्टरजी गुस्से में चीख रहे थे, गालियाँ बक रहे थे। लेकिन बच्चों की चीख में उनकी चीख दबकर रह गई थी।

जब घाटो उड़कर दूर चले गए, तब बच्चे शांत हुए। मास्टरजी ने उन्हें कक्षा में बैठने को कहा। विद्यार्थी कक्षाओं में बैठ गए। लेकिन मास्टरजी गाय-बैलों की पिटाई करते हुए डाँट रहे थे, 'बदमाश सब, इसी जगह और इसी जगह को देखते हो तुम लोग। दूसरी जगह नहीं देखी है? पढ़ना न लिखना। राड़ लोग। घर-घर जाकर तुम्हारे माँ-बाप को बताऊँगा। कल से कोई इधर चराने जानवरों को लाया तो उसकी टाँगें तोड़ दूँगा।'

कक्षा में आकर भी मास्टरजी ने विद्यार्थियों को डाँट पिलाई। वे बोले, 'शैतान हो तुम लोग। परीक्षा निकट है सो नहीं मालूम? घाटो-घाटो कर रहे हो। वही परीक्षा पास करा देगा? आकाश में गुँजराते हो गेंठ बाँध के? वह तुम्हारी बात सुनेगा कि अपने अगुवे की बात सुनेगा? हाँ, बोलो?' गुस्से में मास्टरजी बकते रहे। चार बजने को आया। मास्टरजी ने कहा, 'जाओ गधे लोग। घर भागो। रास्ता-रास्ता चिल्लाते जाना घाटो-घाटो।' मास्टरजी का आदेश हुआ और सारे बच्चे रेलम-पेल होते स्कूल से निकले और यह जा, वह जा। पूरा कैंपस खाली हो गया। एक सप्ताह तक कोई चरवाहा स्कूल के अहाते में नहीं दिखाई दिया।

लेकिन दया तीसरे ही दिन स्कूल अहाते में पहुँच गई थी। वह अकेली थी और पूरा मैदान उसका था। बिना मित्रों के, अकेली दया किसके साथ खेलती? पूरे क्लास के समय वह खिड़की के पीछे छिपकर देखती रहती। शीत से मैदान के सारे चिह्न मिट जाते। बालू समतल हो जाता। वह वहाँ जो कुछ सिखाया जाता, जाकर लिख लेती। उसने क, ख, ग तो सीखा ही, वाक्यों को भी सीख लिया।

एक दिन मास्टरजी बड़े सवेरे स्कूल की ओर गए। वहाँ मैदान में सुंदर अक्षरों में लिखा देखा। उन्होंने जो पढ़ाया था, वही सब बिल्कुल सही-सही लिखा था। लेकिन वे चुप रहे। दूसरे दिन उन्होंने पगडंडी में लिखा देखा। तब क्लास में लड़कों से पूछा कि कौन मैदान में, पगडंडी में लिखता है? लड़के चिल्ला उठे, 'दया सर, दया लिखती है। दिन भर खिड़की के पास छिपकर देखती रहती है।'

मास्टरजी ने याद किया, किस तरह बच्चे घाटो को देखकर चिल्लाते थे तो उन्होंने सभी चरवाहे बच्चों को, छात्रों को पीटा था। जब गेदो बूढ़ा दया को पीटकर चले गए थे, तब उन्होंने भी दया को पीटा था। उनके डाँटने से सभी चरवाहों ने मैदान में चराना बंद कर दिया, लेकिन दया सबकुछ सहती रही। उसने पिटकर, डाँट सहकर भी पढ़ना नहीं छोड़ा। मास्टरजी ग्लानि में डूब गए।

दूसरे दिन शाम को वह दया के माता-पिता के पास गए। उन्होंने माँ-बाप से अरजी की कि वे दया का नाम स्कूल में लिखा दें। उन्होंने कहा कि वह स्कूल की तरफ से उसके लिए किताब-कॉपी और पेंसिल देंगे। फिर तो दया स्कूल जाने लगी। चार वर्षों की पढ़ाई उसने दो वर्षों में पूरी कर ली।

बड़ा स्कूल दूर था। दया के पिता ने कहा, 'अब बहुत पढ़ चुकी बेटी। घर में रहो।' सुनकर दया ने खाना-पीना छोड़ दिया। बस सिसक-सिसककर बिछावन पर या घर के पीछे रोती रहती। पिता क्या करे। आखिर एक दिन मनुवेल उपाय ढूँढ़ने के लिए मेरे पिताजी के पास आए। वे साथ में दया को भी लेते आए थे। पिताजी के पास पहुँचकर मनुवेल ने कहा, 'देखिए बहनोई, आपकी भगनी को। मेरी तो ताकत ही नहीं है कि इसे बाहर रखकर पढ़ाऊँ। मत पढ़ो बोलता हूँ तो सिसक-सिसककर रोती है। आप ही अब रास्ता बताएँ। मैं आपकी भगनी को आपके जिम्मे छोड़ रहा हूँ।'

पिताजी बहुत प्रसन्न हुए। उन्होंने पूछा, 'मइया कुछ काम करोगी? अपने पेट के लिए करो और पढ़ो।' बाप-बेटी दोनों राजी हो गए। पिताजी ने कहा, 'कॉलेज में पढ़नेवाली लड़कियों के लिए खाना बना देना और स्कूल भी जाना। खाना-रहना भी हो जाएगा और पढ़ने में भी वे मदद करेंगे।'

कन्या पाठशाला भी पिताजी और उनके दोस्तों के प्रयास से खुला था। दया का नाम लिखा दिया गया उसी स्कूल में। चार वर्षों तक दया कॉलेज की लड़कियों के साथ रही। मरसा, एरेन, राहिल जैसी लड़कियों के साथ रहकर काम भी सीखा, पढ़ाई हुई, सिलाई-बुनाई भी सीखी और दया मिडिल पास हो गई।

तभी लड़कियों का एस.एस. हाई स्कूल खुला। दया का नाम उस स्कूल में लिखा दिया गया। रहने को आदिम जाति सेवा मंडल का छात्रावास मिला। दया की किस्मत चमकी। उसे छात्रावृति भी मिली। चार वर्षों तक यहाँ रही। दया मैट्रिक पास कर ही बाहर निकली।